本の夢 本のちから

椎名誠

新日本出版社

本の夢　本のちから　＊　目次

装　丁　平野　甲賀
イラスト　沢野ひとし

I　めざすむこうは笑い雲

ウィルスから宇宙へ

新宿御苑にある仕事場で週刊誌の連載小説を書いていた。一回分四〇〇字詰原稿用紙で一五枚。七メートルの電話のコードをぐーんとのばして、机から一番遠い場所に置き、そこに厚手のパーカーをすっぽりかける。防音装置である。

電話のベルも雑念も若干の喉の渇きもみんなころして、ぐっと神経を集中できると、一時間に四枚から五枚のペースで書いていける。自分で書いたのに自分で判読できなくなるメモと格闘し、参考本を二冊ほどぱらぱらやって三時間半の勝負がおわる。ああやれやれ、とつぶやきつつ書いた原稿の束の両端を持って机の上でコンコンと叩くときがヨロコビの一瞬だ。そうしてフト外を見る。

そのときだった。冬のさなかの、都会のまん中にしてはちょっと申しわけないほど蒼い空に、ぽかりと飛行船が浮かんでいたのだ。

「あっ」

と思った。三時間半の思考集中作業があったので、一瞬、考える力がマヒしていたらしく、一秒の何分の一、というくらいのアヤウイ時間、ただもう黙ってその風景を眺めていた。しかし思考のマヒはすぐ回復し、間もなくぼくはその飛行船がどこかの企業による宣伝、デモンストレーションによるものなのだろう、と思った。そのことに気がつくと、真冬の東京の空に浮かぶ飛行船も、そんなに意外な風景ではなくなっていた。

もうすこしぼんやり素直に「ああのんびりしていていい風景だなあ……」というような気分で眺めていることができたらいいのになあ、とそのときつくづく思ったのだ。

一九六〇年代はぼくにとってSFの一〇年間だった。毎日SFばかり読んでいた。そのじぶんはSFというと、文学のママコ、鬼っ子扱いの頃で、新刊の出版点数も少なく、新しいのが出るとすぐ買ってすぐ読み、SF好きの仲間とその本についてのコナマイキな感想を述べあい、そうして息をひそめて次の新刊を待つ、というような、思えばそれはそれでまことに素直でときめきに満ちたいい時代だった。

そして新宿の仕事場で、ふいに飛行船を見てしまったとき、ぼくはその頃読んだ小松左京の短編小説を思いだしていた。雑誌『SFマガジン』に載っていたのだ。その後どの短編集に収録されたのかまったくわからない。しかもその小説の題名もおぼえていないのだ。ひどい話である。

話はもうひとつの、もしかすると、そういうことになったかもしれない日本の姿を描いた話で、設定は二〇世紀の江戸、というようなかんじになっている。文明、科学の発達具合が目下の状況とはちょっと基本のところで狂ってしまったらしく、風俗や生活ぶりは江戸文化そのもので二〇世紀末を迎えてしまったのだ。

江戸の風俗をしているけれど、科学は江戸文化ふうにやっぱり確実に進歩し、表の通りには機械仕掛けで動くまあわかり易く言えば「ロボット駕籠《かご》」が走っている。そして空には「天狗船」と呼ばれる江戸文化の臭いをそのままにした飛行機が飛んでいる。天狗船はどうも千石船に似た飛行艇のようで、海で離着水するのだ。この天狗船のとびかっている、もうひとつの二〇世紀日本の空を、ぼくはかなり熱い気持で空想した。

「そうだよな、何かひとつどこかの歴史の進行ネジが狂っただけでそういうことになっていったかもしれないものな……」

仕事場の窓から見た飛行船はその頃のそんな気分を思い出させた。一五枚の原稿にとことん熱中しているうちになにか自分の体の中で突如的異相現象のようなものがおこり、外に出ると空には飛行船が沢山とびかっている、ということだってまったくないとはいえないものな、とその時思った。思いながらそういうことは一〇〇パーセントおこらない、と確信してしまっているのが悲しいところだが、しかし、それでもつかの間の〝作為的な夢気分〟を味わうことはできた。


こういうことを書くのは少し恥ずかしいのだが、寝るときにぼくは夢がぐっとふくらむような、なにか気分の底の方がぐっと大きくなるような本を読んだり音楽を聞くことにしている。夢といっても、寝てから見る夢という意味ではなくて、要するにココロのスケールの方の夢ですね。

以前FMで「ジェット・ストリーム」という番組をよく聞いていた。夜の一二時からはじまる音楽番組で、日本航空がスポンサーだった。ナレーターの城達也が思い入れたっぷりに世界の街のいろんな断片的風景といったようなものを、澄んだ音楽をバックに話す。そうするとユメはたちまちマドリッドの小道やハンブルクの街角にとんでいってしまう。ぼくもまだ外国へ行きはじめたばかりの頃だったので、あのムードにはひどく弱かった。夢見る女の子のような心境である。ところがそれから一〇年後、なんとぼく自身がその番組の一時間前に毎日一五分の音楽とトークのレギュラー番組を持つようになり、そこで連日ボソボソといろんなことを喋《しゃべ》るようになった。ぼくの番組は寝ているブタがうなされる程度のレベルなので「ジェット・ストリーム」を引きあいに出すのは失礼なのだが、しかし自分が立場かわって話の送り手の方になると、スタジオの現場というのは夢のカケラもないものだ、というのがわかってしまった。

だからもうこの頃は寝る前の音楽というのはあまり聞かない。やはりぐっと心の底をひろげてくれるのは本の世界である。

これまでいろいろな「寝る前に読んでユメを広げる本」を試してきて一番すごいなあ、と思ったのは『絵で見る比較の世界』（ダイアグラム・グループ編著、草思社）という本である。週刊誌よりひと回り大きいA4判二四〇ページは、寝ころんで見るにはすこし大きすぎるけれど、中に沢山の絵や図が入っているので、このくらい大きくないとまずいのだ。

この本のサブタイトルは「ウイルスから宇宙まで」となっている。要するにこの世の中にあるあらゆるモノの「長さ」「高さ」「深さ」「大きさ」「広さ」「重さ」「速さ」などをそっくり全部比べてしまう、という本なのである。

「跳躍した距離」という項目の〈人間はどこまで高く跳べるか〉というところを見ると、走り高跳びの男女世界記録の図にまじって馬の高跳び記録が、実際に馬が跳んでいる図になって出ている。人間の二・三四メートルを上回る二・四八メートルを跳んでいる馬の姿は単純な説明図であっても妙に感動的だ。馬がこんなに高いところを跳べるなど思いもよらなかった。その脇に人間の走り幅跳びの世界記録八・九〇メートルがやはり図となって出ている。同時にノミのジャンプ三三センチ、カエル五・三五メートルも一緒にとんでいる。人間をはるかに上回るのはカンガルーのひとっとび一二メートルである。そういうものがこの本にはいろいろ出ているのだ。

航空機のところに飛行船も出ている。ヒンデンブルク号二四六・七メートルがジャンボ機やサターン5型ロケットと較べていかにケタはずれに巨大であったか、というのが正確な比較図でひと目でわかる。二四六メートルといったら戦艦大和ぐらいの長さである。そして〝胴まわり〟は大和の一〇倍以上もあるのだ。そんな巨大なものが空中に浮かんでいる時代があって、そのまわりをいくつもの小型飛行機が行きかっていた、という風景など、もうぼくの頭の中では完全に〝もうひとつの地球〟というかんじである。小松左京の〝天狗船〟の世界だ。

しかしこの〝比較の世界〟という本の中でぼくが最も惹かれるのは「太陽と星」という項目である。まずここでは太陽と地球の大きさの比較が効果的な図によってなされている。地球の横に太陽のフレア（ガスの噴出）が描かれている。地球はまるで焚火で焼かれようとしている玉子ぐらいだ。「太陽のフレアは、地球から月までの距離をしのぐ」と、その解説に書かれている。太陽がとてつもなく巨大である、ということはわかっていたが、そこまででかいとは思わなかったから、これには単純におどろいた。

次のページでは、宇宙にはもっともっと巨大な恒星があって、この太陽とそれらはどのくらいのスケールの差があるか、ということが示される。ハナクソほどの太陽の脇にゆるやかな弧を描いた巨大星が並んでいる。一番大きいＩＲＳ５という恒星は円弧の一辺というよりもほぼ直線に近い。上と下にこの円弧がずっとどこまでも伸びていってやがて巨大な円を描くのだ。ハナクソのような太陽に比較して、この星の大きさは、ではいったいどれほどのものになっていくのか。さらにまた太陽よりもはてしなく小さい地球とくらべたらどうなるのか？　日本とくらべたらどうなる、後楽園の何倍になるんだおんどりゃあ！　などと考えれば考えるほどおそろしくなり、凶暴にすらなってくるのだ。そしてユメははるか彼方の暗黒星雲にまでひろがっていってしまうのである。

袋戸棚を整理していたら絵本が沢山でてきた。数年前まで子供が読んでいた絵本だ。子供が大きくなって完全に絵本ばなれをしたあたりで殆《ほとん》ど処分してしまったような記憶があったので「やや？」と思ったのだが、細紐をといて何冊か手にとってみると、ここに残されていた理由がすぐわかった。

自分の好きな絵本を束ねて残しておいてあったのだ。三〇冊ぐらいあった。子供が生まれ、絵本を理解するようになると、ぼくは面白がって沢山の絵本を読んでやった。その中で大人の自分が見ても十分にこころときめいて面白い絵本が随分沢山ある、ということを知ったのだ。

残されていた三〇冊のちょうどまん中あたりに入っていた『もりのなか』（マリー・ホール・エッツ文・絵、福音館書店）もその一冊だ。

絵本だからお話はまことに単純で、紙の帽子をかぶった少年がラッパを持って森の中に入っていく。そしてそこで出会うライオンやゾウやカンガルーなどが次々に少年のあとについていくる、というだけの話だ。

しかしクレヨンのタッチを連想させる粗いスミ塗りの絵がじつに悲しくなるほど静かで、もりの中の話はそのまま夢の中の話のようである。この絵本を読んでもらっているぼくの子供らは、少年のあとを追って次々に森の動物たちがついていくのを無邪気によろこんでいた。彼らはおそらくそのことだけが面白かったのだろうが、もしかすると子供ら（男と女の子）は子供らで、そのなんとも静かで幻想的な絵の中の夢のような気配に無意識のうちに触れていたのかもしれない、と今になって思ったりするのだ。

というのは同じ頃、歯医者の待合室に置いてあった、小学館か講談社の原色に近い沢山の色がふんだんに使ってある、日本むかし話絵本のようなものは一度読んでおしまいだったという体験的事実があるからだ。

この『もりのなか』は何十回となくくりかえして読んでも彼らは彼らでそのたびごとに十分楽しん

でいた。

『もりのなか』はおしまいの方で、少年についてきた沢山の動物たちとかくれんぼをする。少年がオニになって眼をつぶっているうちに、動物たちの姿が消えて、かわりに少年の父親が立っている。「いったい誰と話していたんだい。もうおそいから家に帰ろう」と少年の父親はいうのだ。少年の森の中の夢は、主人公もそれを見ている者もこうしてやさしく現実の中にもどっていく。今あらためて読んでみると、この最後の場面で、自分が少年であり同時に父親である両方の眼から、この風景をひどくやるせない気分になって眺めていることに気がついた。

『スーホの白い馬』（大塚勇三再話、赤羽末吉絵、福音館書店）もたまらなく好きな絵本だった。モンゴルの平原をかける少年と白馬の悲しくそして美しい話なのだが、横長のページを左右いっぱいに使った赤羽末吉の絵がとくに素晴らしい。

その後ぼくは世界のあちこちで馬に乗り、世界の大平原を馬で突っ走る、というようなことをよくやるようになったが、そのときに頭に浮かぶのはいつもこの絵本で見た風景だった。馬で平原を突っ走る、というのは誰もかれもの「オトコの夢」であり、そういう夢をこうして堂々と眼の前にひろげてくれる絵本の世界というのはなかなか素晴らしいものではないか、と思うのだ。

紐にくくられていた三〇冊の絵本はこのほかに『アンディとらいおん』『八郎』『ちいさいおうち』『はなのすきなうし』など、みんなそれぞれ大人の自分が楽しみ、つかの間の夢をめぐらせた懐かしいものばかりだった。この三〇冊はまた丁寧に袋戸棚にしまわれたのである。

手塚治虫の長編漫画『アドルフに告ぐ』全四巻（文藝春秋）の第二巻のおわりの方で、若狭湾追ヶ浜あたりのいっぱいのみ屋が出てくる。店の名前はわからないが、表の暖簾《のれん》に「お酒、どて鍋、めし丼物、関東煮」と書いてあるからせいぜいそんな程度の店だ。ここに年の頃三二〜三三歳、鼻筋通って口もとの締まった緋牡丹《ひぼたん》のお竜のような実にいい女がいるのだ。

女はその豊満な胸に竜の刺青《いれずみ》をしている。しかしやくざというわけではなく、戦死した亭主の帰りを一人で待っている間に、ほかの男に走ったり襲われたりしないように彫った竜なのだ。戦死してしまった亭主を、刺青までして待っている、という日本海漁師町の飲み屋の女、しかもそれがふるいつきたくなるほどのいい女、というのはもうひとつの「オトコの夢」であるような気がする。

ぼくなど海岸べりの小料理屋でなくてもいいから、せめて新宿の裏通りのどこかにそういう店がないだろうか、となんとなく捜しているのだがなかなか見つからない。ぼくの望みは胸に刺青なんかしなくていいから、小さくて、たまにふらっと寄ると気分よく酒と肴《さかな》を出してくれて、酔ったら二階に寝ていけるような、枕もとに酔いざめの水がそっと置いてあるような、そんな店なのだ。しかしなかなか見つからない。年の頃なら三二、三、おやちょっといい女だなと思うとたいていそのうしろに半白ワニ眼の亭主がいたり、「あたしゃ生涯一人ものよ」という女主人は五八歳ヒステリー持ちだったりする。「オトコの夢」の実現というのはやっぱりなかなか難しいのである。

辺境地帯の現場読み

何か途方もなく未知のものを、さまざまな困難を乗りこえて求め追究する旅――というのは、今の時代もう殆どできなくなってしまったらしい。

そのことを最初にかなりの衝撃を持って感じたのは、フレデリック・フォーサイスの『悪魔の選択』（角川書店）を読んだ時だった。

冒頭間もなく、アメリカの大統領がワシントンの執務室でその方面の情報担当者からテレビを見せられている。そこに映っているのは自国の監視衛星から送られてくるロシアのウラル地方の小麦畑だ。丸太小屋が映り、その近くを歩いている農夫らしい男が立小便をしているのが見える。

――と、まあこんなふうなことから話ははじまっていった。小説なのでいささかの誇張はあるにせよ、目下の宇宙レベルの相互濃密監視体制は実際にそのくらいのところまでいっているらしい、ということを聞いて、なんだか妙に淋しく落胆した記憶がある。

さまざまな本のジャンルの中で、子供の頃から今日までぼくが最も熱中して読んできたのは地球探検記というものだった。とくにまだ殆どその実態が知られていない未知の世界に入りこんでいく、というやつが大好きで、困難があればあるほどその旅の重さに感嘆し、血をたぎらせた。

人工衛星が、立小便をしているロシア人の姿まで見分けてしまう、ということを知って落胆したとき、ぼくはヘディンの『さまよえる湖』のことを思いだしていた。

地球探検記ものが好きになったきっかけは、中学のじぶんにこの本を読んでえらく感動してしまったからだ。まずタイトルが魅力的かつ蠱惑《こわく》的であった。湖がさまよっている、なんて随分とものすごいロマンではないか。図書室から借りてきて、一気に読んでしまった記憶がある。

けれどいま、移動してしまったらしい湖を捜しにいく、というロマンは宇宙衛星時代にはあまり意味をなさなくなってしまった。『悪魔の選択』を読んでそのことに落胆してしまったのだ。

ＮＨＫの「シルクロード」シリーズでこのヘディンの追究した世界、楼蘭やロプノール（さまよえる湖）の美しく、そして鮮明な映像を見た。このときも、自宅でおそろしくリアルなロプノールを見ることができる、という嬉しさと同時に、なんだかすこし淋しいような気分もした。

ヘディンの本の中でさまざまに空想をめぐらせていた二〇〇〇年前の、失われた砂漠の都市の風景は、空想していたものとはまた別な美しさをテレビの中でみせてくれた。けれどそれによって自分の中にあったもうすこし別の空想の世界の美しさが「ぐぃーん」とおそろしい力を受けて現実の風景に影響されてしまった、というところが少々くやしかったのである。

テレビの映像を見ない方がよかったなあ、とも思ったのだが、やっているのを知って見ない、ということはもっとできないことだろう、ということもわかっていたので、このへんの困惑は本当にどうにもならないことなのだ。

自宅にいてロプノールの風景をおそろしくリアルに見物できてしまうことは有難いことだけれど、しかしこれ以上地球の隅々までくまなく〝科学の目〟が突入していってしまう、ということははっきりいって癪である。


活字と映像の微妙な〝敵対の図式〟はぼくの中でしだいに明確になってきた。映像が歩いてしまうとロマンが既製品化されてしまうのだ。

上海から烏魯木斉《ウルムチ》行きの長距離列車に乗ってシルクロードを旅したとき、窓の外の風景を眺めながら、ふと気がつくとぼくの視覚は完全にテレビカメラの眼、もしくはその受像装置になっていることに気づいた。おまけに耳もとではあの流麗なテレビのシルクロードのテーマミュージックやそのナレーションがかまびすしく流れていた。

自分の家で見た映像の世界が強烈すぎて、ぼくの目の前のホンモノのシルクロードはそれの「なぞり」のようになっているのである。これにはまいった。

同行した雑誌編集者に聞いたら、彼も同じようなことを言っていたので、テレビのシルクロードを見てしまった人の多くは、中国の辺境を歩きながら、もしかすると無意識のうちにみんな耳の中にあのシンセサイザーのミュージックをゆったりと鳴らしているのかもしれないな、と思った。

こういう映像の呪縛に負けない、もっと強烈なイメージの防衛武器はないものだろうか、とぼくはその後かなり真剣に考えてしまった。

そうしてわかったのは実に簡単なことであった。

本にまた戻ればいいのである。本というのは同じ本でもそれを読んだ時の年齢によって評価も感動もえらく違ってくる。よく言われる話だが『ガリバー旅行記』を一〇歳の時に読むのと四〇歳の時に読むのとではまったく受けとめ方がちがってくるように、多くのリアルな探検旅行物も、一〇年おいて読むと、人生体験の蓄積そのままに味わいはおそろしく違ってしまうもののようだ。

ついこのあいだオーストラリアの砂漠縦断の旅をしているときに、またぼくは『さまよえる湖』を読みかえしてみた。オーストラリアの砂漠は、中央アジアのそれとはいささか様相が異なっているとはいえ、同じように乾いて暑い中で読んでいるわけだから、家の中で寝ころがって読んでいるのよりは伝わってくるものが鮮烈である。そうしてぼくは子供の頃読んだそれが子供向けにかなり乱暴にダイジェストされたものであることを知った。さらに厳しい旅の中で読んでいるとイメージのベクトルがもうテレビの映像や音楽に左右されないで、あたりのナマの砂漠の熱風や乾きぶりの方から正しくこちらに向けられてきているのをつよく感じ、改めてふかく感動することができたのである。

しかしこのオーストラリアの砂漠で読んだ本で、もっと強烈にぼくの全身に攻め込んできたのはアラン・ムーアヘッドの『恐るべき空白』（早川書房）であった。この本も読むのはそれが二度目だったが、なにしろそこに書いてある探検の場が、いま現実に自分の歩いている場所なのであるから強烈にならない筈がない。

もともとぼくがオーストラリアの砂漠へ行こうとしたのはこの本を読んだからで、読んだ動機はヘディンの『さまよえる湖』にどこか似た背景をつよく感じていたからである。

『恐るべき空白』とはオーストラリア開拓史の中で、あの広大な大陸の内部がどうなっているか誰も知らなかった頃の話だ。大陸の中央部に大きな内海があるのではないか、という夢を求めて探検に出ていった男たちの、悲惨な、悪戦苦闘の記録で、こういうものは実際にその現場に来て読むと己れの状況もつらいだけにおそろしくよくわかる話になっていく。

しかしこれとても、ロシアの農夫の立小便まで見分けてしまう現代では、大陸の中の幻の海捜しなど陳腐もいいところの話になってしまうのだから、時代の進歩、科学の進歩などというのはすこぶる味気ないものである。

探検記は現場追行型で読むのが一番、という論でいくと、一九八四年にパタゴニアの旅ではじめて読んだチャールズ・ダーウィンの『ビーグル号航海記』もロマンと思索に満ちた、いい状況の中での本であった。

このときの旅は、チリの最南端の港町プンタ・アレナスからリエンテール号というチリ海軍の小さな軍艦に乗ってマゼラン海峡を南下し、ビーグル水道からドレーク海峡へ出ていく、というものだった。

そのコースのうちの大半が、一五〇〇年前にダーウィンのたどったものと同じであったし、地の果てのように荒涼とした氷河と、無名峰のつらなるあたりの風景は、おそらくダーウィンの頃とほとんど何も変っていないようであった。

激しく揺れる船室の中で、ぼくは一五〇年前のこのすぐれた科学者の目に驚き、それからまた彼らの旅の意志の大きさに感服した。

ダーウィンはその旅の中で、実に克明に時間をかけて、そこに住むさまざまな生物を観察し、分析しているのだけれど、一五〇年後にやってきた東洋のボンクラ作家は、そこでわずかにコンドルとグアナコ（らくだの一種）の二種類しか眺めることができなかった。滞在している期間が短すぎるし、ダーウィンの能力におのれを比較することも笑止千万だろうけれど、現場追行型の本読みというものは時として絶望的な劣等感にさいなまれる、という困った側面を持っているのもたしかである。

ダーウィンよりもさらに三〇〇年も前にここを通ったマゼランの探検記『マゼラン』（ツヴァイク著）も同じ旅の中で読んだ。伝記ものはあまり好きではなかったのでツヴァイク全集の中のものを読んだのはそれがはじめてだったが、マゼラン時代の探検になると、要するに国家そのものを背負って進んでいくようで、いわゆるぼくの志向する未知追究ロマンのものよりは随分重くなってしまうのが少々きつかった。

一九八六年にトロブリアンド諸島のひとつの島に出掛けたとき、そこがマリノフスキーの『西太平洋の遠洋航海者』の舞台となっている海域だ、ということも知り、あわてて同書を〝現場読み〟した。電気も水もガスも酒もタバコもない、本当の熱帯の原始の島だったので、本を読むのは毎日暑さのやわらぐ夕方あたりから日没までだったけれど、その島はそれまでぼくが旅した世界の辺境地の中で最も文明から遠い世界であった。

ぼくは部族の鮫《さめ》とり漁に同行し、そこで一人の男から一本の木で作った櫂《かい》をもらった。男は顔に白いペインティングをほどこし、ビンロージュの実をたえずくちゃくちゃと嚙んでいたので、口の中がヒトの生き血を吸ったように真っ赤になっていた。この男と交わしたコトバは日本語で「ウマイ」だった。捕ってきた鮫を浜で焼いて食った時である。ぼくが鮫の肉を食い「ウマイ」と言ったら、その男も真似をして「ウマイ」と言った。それから二人して笑った。「ウマイ」というのは異言語交流の最もわかりやすい言葉なのだ。

『西太平洋の遠洋航海者』は、このトロブリアンド諸島で行なわれている壮大なスケールのクラの儀式がテーマになっている。クラの儀式というのは、トロブリアンドの広大な海域に散らばる数千の島々をカヌー船団が島ごとにリレー形式で結び合う海の巨大な輪づくりである。

カヌーの船団は、ひとつは時計回りの方向に、ひとつは反時計回りにながい航海の旅に出る。時計回りの船団は《白い貝の腕輪》を、もう一方は《赤い貝の首飾り》を、それぞれの船団のシンボル＝宝として持っていくのだ。そしてこの宝が島と島のリレーのバトンがわりになるのだという。

クラの儀式は、このふたつの宝物を数年がかりで次々にリレーしていきながら、同時に島々の交流や交易、そして血もまた交流させていく、という重要な任務を持っているのである。

ぼくはこの島でクラの儀式に使うカヌーに乗り、その《赤い貝の首飾り》というのを見せてもらった。貝と貝をつなぐ紐の中に桃色のプラスチックの小さな円盤があった。何の変哲もない、というよ

ついにテレビがきました
うちにきた
オレ
日本に行く!
バカそんなあぶない
冒険すんな

り、文明国の道路に落ちていたら子供も拾わないような粗末なものだったが、しかしそれは目の前の蒼すぎる海と凪の中で妙に美しかった。

この島で裸足で歩いていたら貝で足を切り、それが化膿してすこし熱を出してしまった。

そこで、部落の一番大きな樹の下で半日かけ、レヴィ＝ストロースの『悲しき熱帯』を読んでいた。するとそ犬たちもその樹の下に来てヒル寝していた。本にくたびれて犬たちを見ていたら、かれらの寝かたがすこし変っていることに気がついた。下肢をアジの開きのようにパカッとひらいて、そうして本格的にウツブセハラバイの恰好をして寝ているのだ。

そのあとで別の熱帯の島、たとえばパラオとかタヒチとかセブの島々で、やはりそこに住む犬が同じようにハラバイの恰好で寝ているのを知り、それが熱帯の犬たちに共通したものであるのを知った。

おそらくかれらは（犬のことだが）そうやってもっとも毛の少ない腹を地面にじかに密着させることによって、地面の冷気を体に触れさせているのである。

それぞれ遠く離れた南洋の島々の犬だから、こうしたノウハウを親子の血で伝えあう――ということもできないだろうから、こういう独得の寝かたはそれぞれの島の犬たちが独自に体得していったのであろうか、あるいはなにか犬たちのクラの儀式の輪のようなものが存在しているのだろうか――などと考えるのも南洋ののんびりしたリズムの中だからであろう。

ソ連を旅行したとき、さまざまなロシア、もしくはシベリアの旅行記を〝現場読み〟していったのだが、一番面白かったのは『露国及び露人研究』（大庭柯公著、中公文庫）だった。文語体というのだろうか、昭和生まれのぼくには少々違和感のある文体で記述されているものも多いのだが、特別な国であるだけに、その内容の多くは書かれた歴史の距離を感じさせない臨場感に満ち、ずいぶんと迫力があった。

本は読んでしまったけれど、まだ〝現場読み〟できないあこがれの課題ものが二冊ある。ひとつは『チベット旅行記』（河口慧海著）である。日本人の単独潜入記では大庭柯公のロシア徘徊ものと並ぶスリルに満ちた驚嘆の書であり、これを読んだ時に日本人の重い強さ、というようなものをはじめて知ったような気がした。

植村直己の『北極圏一万二千キロ』（文藝春秋）を読んだ時も同じように日本人の単独になったときの強さ、というようなものを強く感じた。どちらの地も、そのとおりなぞって歩くには厳しいところなので、これはなかなか〝現場読み〟というのはできそうにもないが、それだけにいつか何かのチャンスがあって、そこにおもむくことができたのなら、かれらのロマンの残滓《ざんし》を現地の風の中でほんの少しでも嗅ぎとりたいものだ、と思っている。

なぜ寺は旅人を助けないか

ぼくの家には時々外国人が居候《いそうろう》する。ほとんど妻の友人で、外国の旅先などで知り合った人である。スイス人のクロードは身の丈二メートルに近い大男で、世界を自転車で一周している。気のいいやつだったが、ヨーロッパ人特有の我の強さと遠慮のなさがむきだしになるので、あまり永く付き合っているとこっちが疲れてくる。しかし本人は疲れないようだ。

ヨーロッパ人のまあおしなべてのものだろうけれど、「はっきりモノを言う」「要求に遠慮がない」という性分は、こっちも社会習慣的にそういう精神的訓練や経験を経ていないとそのつきあいもなかなか難しい。

彼が日本にたどりつくまで経由してきた国々の写真を見せてもらった。二年近い日々、十数カ国を経てきたから、おびただしい数である。

貧乏旅行だから、親しくなった人の家に泊めてもらうかテントを張って暮らすかの日々であったようだが、その十数カ国の中で、旅の暮らしやすさを比べると、日本と韓国がワーストの一、二を争う、というのである。どこも人だらけで、モノが高く、キャンプするにしてもテントを張る場所がない。

日本はアウトドアライフの盛んな国だと聞いていたけれど、キャンプできる場所は限られていて、テントが張れる森や野原のようなものがない。海岸はゴミだらけで、川の水はどこも飲めない。しかし不思議なのはアウトドア用品を売る大きな店は全国いたるところにある。ここでそういう品々を買った人はどこで何をしているのか？　もしかするとアウトドアが盛んというのは間違いで日本はアウトドア用品を買うのが盛んな国ではないのか――と皮肉なことを言っていた。

そんな話をしている最中、ぼくは週刊誌の仕事で八ヶ岳の山麓に一泊二日のキャンプに行った。直前に小説原稿の締め切りがあり、午後にあたふたと山すそを流れる川べりのキャンプ地に行った。数年前に仲間が見つけた秘密の場所で、我々しかいないから気分よく一晩をすごした。キャンプといっても主な目的は焚き火をしてそのまわりで酒をのみ、肉や魚など焼いて食べるだけのものである。

翌朝テントをたたみ、早朝の高速道路をとばして家に帰ってくると、そのスイス人に「クレージーだ」とからかわれた。そうだろうなあ、と思うのである。

我々の仕事がらみのキャンプはいつもこのように忙しい。そもそも仕事がらみのキャンプというのが矛盾しているのであろう。

もっともぼくは、たとえこの夜討ち朝駆け（意味はどうもちがうけれど）的なキャンプでも充分からだの内側のなにかのストレスは解消できているようなので、苦にならないし、かえって楽しみだ。クレージーなのはそういう電撃的キャンプではなく、慌ただしい毎日の仕事のありようのほうなのだろう、と思う。

このけたたましさは日本の多くのサラリーマンも同じだろう。本当はもっとのんびり一週間でも二週間でも森や川へ行ってキャンプしたいのだろうけれど、そんな余裕はどこを探してもない、ということなんだろうと思う。

もっともしかし、ぼくの友人のフリーランスのアウトドアマンは、一カ月も二カ月も野山の旅をやっているが、いまのそれとはちょっと違う考えをもっている。

彼の意見はこうだ。

——もし、日頃超多忙なサラリーマンが一カ月間のまったく自由な野山の旅に出たら、二日目から退屈死するだろう……、と。

なるほどたしかにそうかもしれない、とぼくも思うのだ。日本人はまことに慌ただしい人種である。キャンプ地に着くとすぐさまワッセワッセと食事の支度をし、食べ終わると息もつかず花火をあげ、カラオケをうたい踊りまくる。だまってぼんやり空を眺めたり風に吹かれたり、ということはしていられない。花見のときのあの全員同時興奮のテンションの高さに似ている。

日本人のアウトドアは、実質的に日頃の街の中の宴会を野外にもっていっただけ、というニュアンスが強いから、当然そういうことになる。

たとえば最近のオートキャンプ場などは区画整理されたキャンプ場にバンガローが建っていて、一区画ごとに洗面所と電気のコンセント、プロパンガス付の調理台などがついている。これにあとバス付のトイレがあれば、一戸建て野外ホテルそのものである。

ヘヴィデューティなグッズに身を固めたアウトドア男がこういうところへやってくる。腰に鹿ぐらいたちまち捌《さば》けそうな大型ナイフなどくくりつけているのだけれど、スーパーで買ってきた真空パックの肉はすでにスライスされているから、しようがないのでそのナイフでレトルトカレーの袋などむなしく切っている、というのがどうも日本の商品優先アウトドアブームの一般的現実風景のようだ。

自転車旅行のスイス人は、日本のどういうところにテントを張ろうとしたのかわからないが、外国人であろうとも日本人であろうともいまの日本は街の近くでなかなかテントを張るのが難しい。

ちょっとした川があって、その川原にテントを張ろうとするといつのまにか警官がやってきて職務質問したり、村人が何人かでやってきて他の場所に行ってくれ、などという。観光地が近い海岸は「キャンプ禁止」の看板が必ず立っている。これはぼく自身があっちこっちで体験していることだ。

昔の旅人はお寺に泊まっていた、という話をよく読んだ。なるほど寺なら貧乏旅行者を救ってくれるのかもしれない、と思ったが、一六二日間かけて日本をぐるっとひと回り歩いてきた藤本研氏の『ニッポン大貧乏旅行記』（山と渓谷社）を読むと、どのお寺に行ってもことごとく断られている。無人の神社の社殿の端っことか、町内会館の玄関の軒下などにかろうじて寝袋をしいて眠る。それでも近所の人がそれを見つけると誰かしらが文句を言いにくるのである。

どうも日本人というのは田舎の村に貧乏っぽいヨソ者がきて一晩でも居つく、というのが大嫌いなようである。

これはしかし田舎だけとは限らない。都会でもダンボールを家にしたホームレスは常に行政から目の敵にされているから、日本人は本質的にヨソ者、無宿者に対してとことん冷たく排除、排斥していく国なのだろう。

それでもこれが女一人の貧乏旅行となると少々様子が変わってくる。『チャリンコ日本一周記』（川西文著、連合出版）は二三歳の若い女性が一年七カ月かけて日本を一周した記録だ。これを読むと、出会う人がみんな親切だ。すぐ食事に呼んでくれるし、おじさんたちの宴会などにでくわすとみんな大歓迎して中に入れてくれる。ある町ではカンパだなどと言って五万円も旅資金を集めてくれたりする。金沢で出会ったお坊さんはバイトの働き口を探してくれる。この女性の性格の良さもあるのだろうが、女の一人旅というと役場のおとうさんも短期のバイトを世話してくれたりするのである。沖縄の島ではテントで寝ていると、夜中に島の男がなにやらあやしく接近してきたりするが、怒るとすごすご引きあげていく。この本は目下の日本の世相観察記にもなっていて、日本というのはけっこう暇なおじさんが多く、女の人はたくましく元気に働いているのだな、ということがわかる。旅先で出会う若い女性もすこぶる元気がよくて、日本の原動力の一端を垣間みる思いがする。何よりも女が一人で日本一周している、というと、日本人は例外なく感心し、ガンバレヨと励ましてくれるようである。これは地方のおとっつぁんが若い女に果てしなくやさしすぎる、ということなのか、日本人の本質が相変わらず満ちたりた性善説のうちにあるからなのか——そのへんはまだわからない。もしかすると日本は本当はまだ旅人にやさしい国なのかもしれない。

同じ女一人でも外国だとまた旅の様子がガラリとちがってくる。『ナイル自転車大旅行記』（ベッティナ・セルビー著、新宿書房）は五二歳で三人の子持ちのイギリス人女性の自転車旅だ。あるときふと手にとったヴィクトリア朝時代の女流作家アメリア・エドワーズの書いたナイル旅行記に触発されて、この中年女性の七二〇〇キロに及ぶアフリカの旅がはじまる。

貧しく、そして政情不安定な土地が多いから行く先々でトラブルが絶えない。この旅行記はそのトラブルを解決していく過程で国家や人間を等身大の目の高さで見つめていく、という構造になっている。

日本の自転車旅行ではあまり心配のない強盗の危険がこれらの国では常に旅と隣合わせになっている。

ある町では子供や若者たちが道の左右に並んで、石を投げたり自転車のスポークに棒を突っ込もうと待ちかまえていたり、ナイフを振り回したりする。アシュートというところでは写真を撮ろうとほんの少しの時間自転車から離れて戻ってくると、自転車のまわりにはおおぜいの人がたかっていて、勝手に鞄《かばん》をあけたり用具類を大急ぎではずそうとしている。この旅行記を読むと貧しさと民族性、ということを考えてしまう。

ぼくもかつてアフリカのマサイ族だけが住んでいる町で不気味な思いをしたことがあるので、ふーむなるほどと大いに頷《うなず》いたのだが、このイギリス人は五二歳のつまりはまあけっして若くない女性であることと、なおかつ旅先での態度が常に毅然としているということで、この厳しい旅を成立させているのではないかと思った。精神的な油断のなさが厳しい国を自転車などで旅するときの必須条件であるのかもしれない。

身内の例で恐縮だが、ぼくの妻は一九九五年に一人でチベットを馬で旅行した。チベットは何度も行っているのだが、半年間、平均高度五〇〇〇メートルの高地を約四〇〇〇キロ旅行するのだからそういう旅に出す身内の者としては正直な話少々心配であった。あとでその旅のことを書いた『チベットを馬で行く』(渡辺一枝著、文藝春秋)を読むと、彼女もまた五〇歳という、けっして若くない歳と、常におこるトラブルに毅然として対処対応していたのが事故を防いでいるのだった。しかし女というのはつよい。その本を読むと少なくとも三回、死の危機に直面している。チベットはアフリカと違って強盗などの人為的なものよりも、やせた土地での食糧難や渡河における馬のトラブル、馬の逃走、いまだに刀を持っているチベット人同士の衝突などさまざまなアクシデントに翻弄される。私がそれらのことを知ったのは本を読んでのことだった。つまりその旅から帰ってきたときの彼女の話はコトモナゲであったのだ。女はつよい。つくづくつよい。そのチベット一周の旅で妻が世話になったチベット青年が、スイス人にかわっていま私の家に居候している。

初めて日本にやってきたとき、そのチベット青年ツユワンは成田空港のエレベーターやエスカレーターにすぐ乗ることができなかった。彼らから見たら異様に速いスピードで動く機械のシステムと、そこに殺到する沢山の人間たちはとてつもなくオソロシイものに思えたのだろう。

ツユワンは勇敢な男で、乗馬も料理もナイフさばきもうまい。日本人のあこがれる本物のアウトドアの男だ。しかし彼にとって日本という国はどこからどこまでも油断のならないまことに危険な国であるようだった。

ツユワンは日本語の学校へ行くために毎日満員電車で都心まで通っているが、当初の二カ月ほどは家に帰ってくるとヘトヘトになっていた。体の大きな男だが食も細り元気がない。毎晩部屋で香を薫《た》き、気持ちを鎮めているようだ。気持ちの芯がとことん疲れるらしく、休みの日曜日になると、心配になるくらい寝坊している。

食が細くなってしまったのを心配して、妻がいろいろ聞いた。つつしみ深く遠慮深いチベット人は、やがてたいへん申しわけなさそうに、たとえば朝食のときの匂いがダメなのです、と言ったらしい。はじめは味噌汁の匂いのことかと思ったらしいが、そうではなくてだし汁のあのかつおぶしの匂いが駄目だというのであった。山岳民族の彼らにとっては、日本のあの正しい朝食は奇怪な匂いのあるやっぱり果てしなくあやしいものであったのである。

この春は上野で花見風景を見てびっくりしていた。彼にはとても理解できない情景だったらしい。街に土の出ているところがなく、どこもヒトだらけの日本は彼の精神をやすらがせるものがまったくない。

街や電車の中で人々がみんな無表情なのもこわいことのようだ。日本の都市というのは彼のようなピュアな精神の持ち主にはアフリカなどよりもはるかに危険なところのようであった。

泣けるぞロバやヤクとの旅

旅の本を沢山読んできた。いろいろなスタイルの旅本があるが、いちばん好きなのは未知の土地へ向かっていく探検、冒険的な色合いをもった体験記である。小学生の頃に学校の図書館で読んだスウェン・ヘディンの『さまよえる湖』がぼくの読書のそもそもの始まりであったから、好きな本の傾向やジャンルはその方向線でずっと変わらずにきた。辺境の異文化地帯、人の住めないような砂漠や離島、奥深いジャングル、山や氷の世界。未知の海域や古代文明のサンクチュアリ。ぼくの好きな旅話の舞台は地球の四方八方にどんどん広がっていった。

名作と言われる古典的な探検記、冒険記の殆どは読みつくしてしまった。それでも何か新しい面白そうな旅の本は出ていないだろうかと、書店の棚や出版広告、書評などで常にその手のものを探している。

地球は夥《おびただ》しい数の旅人の足跡によって、もう殆どくまなく紹介されつくしてしまったようだ。けれどすでにルートのできあがっている地帯を再度なぞっていくような旅であっても、先人とは違う方法で行く旅の記録もある。

たとえば永瀬忠志さんが書いた『サハラてくてく記』（山と渓谷社）である。サブタイトルに「リヤカーマンアフリカ大陸横断一一、〇〇〇キロ」とあるように、この人の砂漠の旅はずっとリヤカーを引いて歩くのである。基本的には野宿を宿泊のベースにしているので、そのきわめてアジア的な物運びの道具の中には彼の生活道具がびっしり入っている。旅人はそいつを引いてとにかくひたすら灼熱の太陽の下、広大な砂漠をじわじわと這い進むようにして南下していく。

旅の後半は殆ど赤道沿いにアフリカ大陸を横断する苛酷な移動の連続だ。砂地を噛む重いリヤカーのタイヤの荷重に苦悩する。つきまとう強烈な暑さと疲労。それに場所によっては気がおかしくなるようなハエの渦。

そして読みながら常に気になるのが、このリヤカーとそこに積み込んだ積載物の安全である。砂漠地帯を旅していくといっても、あちこちで小さな集落やそこそこの町に行き着く。リヤカーごと屋内に入ることはできないから、安宿に泊まるときでも国境のイミグレーションでの手続き中もちょっとした買い物でもリヤカーを置いて空身で行動しなければならない場合が頻発する。具合の悪いことにリヤカーはアフリカ大陸の人々にとってはきわめて珍しいものであるから、旅人の行くところ常に大勢の人々がリヤカーのまわりに集まってくる。防護のために一応シートを張ったりするのだが、鍵もつけられないシートの中は全くの無防備そのものである。

移動する国によって程度の差はあるものの、日本と比べればそこには基本的に〈治安〉〈安全〉〈信頼〉などというものは存在しない。そのためこの砂漠のリヤカーマンはあちこちでいろんな被害に遭遇する。そのありさまは、おとなしく鈍重、かつ無防備な小動物に襲いかかる羊に対するハゲタカの群れを彷彿《ほうふつ》とさせる。

もとより辛い旅ではあるが、この旅行記を読む者は旅人が止むにやまれぬ用で単身出かけてゆくだりで「今頃あのリヤカーマンひどい被害にあっていないだろうか」と常に不安に満ちた思いにさらされる。旅人が戻ってくると、そこに忠実で寡黙な下僕のようにリヤカーがきちんと旅人の帰りを待っている。そういう場面に激しく安堵《あんど》したりするのである。全体に滑稽でペーソスに満ちたこのリヤカーマンの旅はもどかしいが、どこか奇妙にいとおしい不思議な読後感に満ちている。

このリヤカーマンは、次にモンゴル一〇〇〇キロの徒歩縦断を計画しているようだ。「人口密度が低いので水や食料を沢山持っていかなければならないだろう。そこで久しぶりにリヤカーを復活させるつもりだ」というので楽しみである。モンゴルはそのかなり奥地までぼくも行った。モンゴルの人々は農耕民族ならではの人力移動道具であるリヤカーを見たことがない筈だから、ここでもアフリカなみの好奇の目にさらされるだろう。しかし治安はアフリカよりもいい筈だから、かの地よりもう少し安心できる旅になるのではないだろうか。早くその旅の話を読みたいものだ。

動物と行く旅、というのも最近大いに気になる旅のスタイルである。『ロバと歩いた南米・アンデス紀行』（中山茂大著、双葉社）は、タイトルのとおり現地で手に入れたロバと一緒にボリビアからアルゼンチンの南米大陸最南端の町ウスアイアまで歩きつづける話である。

ロバの名は「パブロフのぼるくん」。背中に跨《また》がってサンチョ・パンサのように南の端を目指すのではなく、ロバはあくまでも荷物を運ぶのが仕事だ。さきほどのリヤカーマンのリヤカーと違って、こちらは自分でどんどん歩いてくれる。そのぶん楽なように思えるが、読んでみると実際にはなかなかそういうわけにもいかないのだ。リヤカーと違って自由に動くぶん、ともすると気を許した折など、ロバは勝手にどこかへ消えてしまうという問題がある。そんなとき読んでいる者としてはリヤカーのあの沈黙と静止が妙に頼もしく思えたりするのだ。

この青年とロバの歩いていくエリアはこれまた様々に治安に問題のある場所である。この旅人はあちこちで起きるドラマチックな波瀾の中で様々にもがく。ピストル強盗に襲われたり、旅の始めのころには騙されて質の悪いロバを売りつけられたり、とてつもない豪雨に流され損ねたり、いやはや至る所で油断がならない。

中でももっともはらはらしたのが、もう一方の主役である相棒パブロフのぼるくんが崖から落ちて、もう絶望かと思うようなアクシデントに見舞われたときである。幸いにもロバはたいした怪我もなく再び旅人と共に南を目指すのであるが。

南米大陸の南端に近いフィッツロイやリオガジェゴス、そして最終目的地のウスアイアなどはぼくも旅をしたところなので、そのあたりをぽこぽこ南下していくロバと青年の旅の様子はまさに目に浮かぶようだった。パタゴニアは厳しい風の国である。風に向かって体を縮め、一歩一歩足を両手で引きずり上げるようにして目的地に向かって歩いていく様子などじつに大きく頷ける苦労話なのであった。旅人当人はことさらそのように思ってはいないのだろうが、そのあたりの描写は、「人は何故旅をするのだろうか」という本質的なテーマにせまるような重みがあった。

目的地に到着した旅人はついにロバと別れることになる。苦楽を共にしたこの相棒と別れていく場面をさりげなく書いているところがいい。

旅人は日本に戻り、数年してまたウスアイアに旅するエピローグがある。パブロフのぼるくんと再会するのが大きな目的のひとつだ。ウスアイアに到着した途端、旅人はロバの訃報を聞く。アイツはとうに死んでしまった――と。けれどそれは単純な話の行き違いで、相棒は預けた牧場で元気に余生を送っていた。四年ぶりの再会であった。どうもパブロフのぼるくんはかつての相棒をすっかり忘れてしまった様子だったが、まあそれも仕方のないことだと思い、旅人はぼんやり眺めている。そのうちにフト遠い昔のなにかを思い起こしたようにパブロフのぼるくんは人間の元相棒にひっそりとすり寄っていくのである。小説よりも感動的なエピローグであった。

ピーター・サマヴィル・ラージ著の『ネパール・チベット珍紀行』（心交社）は、ネパールで手に入れたヤクに乗ってエベレスト街道を相棒の女性と行く話がまず前段である。

ヤクという動物は高山に順応したウシ科の動物で、全身にボロ糸もしくはどろどろのモップを連想させる長い毛がびっしり生えている。ネパールのそれはやや小型であるとこの本には書いてある。ぼくが見たチベットのヤクは普通の牛の一・五倍ほどもありそうな巨大な生きものだった。真っ黒な毛だらけの巨大なカタマリのような動物だ。顔も全面黒い毛で覆われているので目の在りかがわからないぐらいである。獰猛《どうもう》そうな角が生えており、首をすこし前のめりにさせるような恰好で高山地帯の斜面に点在している。ネパールにはこのヤクに似たゾプキオックという種類のものもいる。いずれにしてもこれらの動物は標高三〇〇〇メートル以上でないと生きていけないらしい。

さて五〇代のアイルランド人の著者は別に愛人という訳ではなく、むしろ常にケンカ等で衝突する二〇代の若い女性と一緒にヤクを連れての旅に出る。フィリッパという名のその女性はいたって気が強く行動的で決断力に富んだオテンバ娘だ。中国に二年ほど滞在したことがあり、中国語が堪能である。話を読んでいくうちに二人にとってこの中国語が旅の危機の際の攻撃の武器であり防御の力にもなってゆくことがわかる。

この旅話の面白いところは、ヤクを荷物運びに使うのではなく、乗り物にしようと考えたことである。ヤクは遠くから見ると一見おとなしそうに見えるが野生のそれは非常に獰猛で、家畜にしたとしても相当に訓練しないと人が乗れるようにはならないという。人が乗れるヤクをあちこちで捜し回る最初のエピソードから、このたぐいマレなる波瀾万丈オモシロ旅の波状攻撃的なエピソードが連発されるのだ。

やっと見つけた「人が乗れるヤク」にフィリッパが跨り、もう一頭のヤクには荷物をのせてエベレスト街道を進んでいく。泊まるところは安宿で、殆どの所でいろんな国のビンボー旅の男女らと詰め込み状態となる。いかに安く切り詰めていくか、ということの値段交渉が常に付いて回る。

ヤクは非常に気まぐれでわがままで唐突で頑固という、どうにも手に負えない生きものであるということも次第にわかってくる。通常時速三キロ。歩きたくないときは止まって絶対に動かないし、いきなり暴走することもある。なんともまあとんでもない動物で、目を離すと崖から勝手に墜落してしまったりする。もうこれは助からないだろうとみんなで観念していると、谷底で仰向けになって四本の脚をわらわら動かしたりして平気でいたりするのだ。何がどうしたのか誰にもさっぱりわからないのだが、ヤクはまったく無傷だったりする。

前のアンデスの旅のロバも高い崖から墜落して結局なにごともなく旅が続けられるのだが、どうもこういう動物というのは〝墜落〟にやたらと強いらしい。親子ほどに歳の違う男女に二頭の巨大な動物、それに牛飼の一行は毎日のように襲いかかる大小様々な問題に適当に対処しながらじわじわと進んでいく。

国境を通過するときがいつもスリリングである。とくにネパールからチベットに入国するときがまず最初の試練だ。ヤクは通過できず牛飼とともにネパール側に残すことになり、そこからはもっぱらヒッチハイクになる。といってもチベットのそれはトラックの荷台に乗せてもらうのがせいぜいで、運良く乗せてもらった場合でもたいていがぎゅうぎゅう詰めの状態である。道路はちょっと間違えると谷底に何百メートルも落ちてしまいそうな急峻な崖っぷちで、風雨に晒《さら》されたトラックの荷台はおよそ人間の乗る場所ではない。けれどタフなチベット人たちにとっては、巡礼の旅などではその方法が一般的である。ぼくもチベットのあちこちで人間満載のトラックを見ていたから、この男女二人の外国人の旅人の難行苦行のありさまはかなり明確に想像できた。

とりあえず二人はラサに向かうのだが、そのためには何度もトラックを乗り換えなければならない。乗せてくれる筈のトラックを道端で一日中待ち、結局乗れないなどということもザラである。泊まる場所は電気なし水道なしベッドなしおまけに臭いゴミ付きなどというのがあたりまえで、食べ物も思うように手に入らない。バター茶を飲みツァンパ団子を食べる。この二つはチベット人の主食だが、同じアジアの日本人でもなかなか馴染めないかなり異文化性の強い味である。それを行動食にしているこの二人は本当にかなりの強者《つわもの》なのだ。

シガツェからギャンツェなどを経由してラサに次第に近づいていく。この二つの地方都市はぼくも旅したことがあるので彼らの感想にかなり共感を持った。至る所で中国人とのきわどい接触がある。二人は大胆にも偽造ビザで入国しているのだ。

目的地のラサで数日過ごしたのち突然カイラスへの巡礼の旅を二人は思いつく。ラサからカイラスまで一九〇〇キロほどもある。またもや同じようなハードなヒッチハイクの旅が始まる。行く先々で中国人官憲とのいざこざが起きる。中国とチベットの微妙な関係やその矛盾なども著者によってあちこちで議論される。文化大革命の愚、中国共産主義の旅人に対するどうにも理不尽な、嫌がらせとしか思えない規制や警告。気の強い相棒フィリッパは時として流暢な中国語でそれらに対してヒステリックに噛みつく。或いは言葉が全く通じないフリをしてそれを回避する。

宗教上の理由からあらゆる生命の殺生をチベット人は嫌う。それ故に豊富に生息する鳥獣を、理由もなくやたらに銃を使って殺しまくる中国人。自分の食べ残しの皿の上にわざわざお茶やゴミをのせて物乞いの食べ物にならないようにしてしまう中国人の底意地の悪さ。規制一点張りでまったく妥協の余地のない政府の末端の手先のようなお抱え運転手、などなど旅人の素朴な観察眼はこの高地の旅で様々な出来事を捉えつづけていく。

ようやく仏教やヒンズー教、ボン教の聖地であるカイラスにたどり着く。その「神の山」の崇高な美しさ。同じように世界最高の崇高な湖とされるマナサロワール湖の描写。いつかそこに行きたいとぼくは思っているのだが、まさにその思いを奮い立たせるような力に満ちた、この著者の的確な描写が素晴らしい。

彼らを助ける日本人の学者が出てくる。巡礼たちとの心温まるふれあい。最後にチベットからネパールに脱出するときの偽造ビザをめぐるサスペンスフルな展開等々と、最初から最後まで面白くおかしく、そして腹立たしくスリリングかつ感動的な、これこそ一級品の旅紀行である。

驚きにあふれた植物の話

ステファノ・マンクーゾ
アレッサンドラ・ヴィオラ
『植物は〈知性〉をもっている』（ＮＨＫ出版）

これは非常に面白い本だ。まあ、これではあまりにも単純な言い方だが、このところある目的があって植物関係の本をさまざま読みあさっているのだが、昔のものではダーウィンの書いている一連の植物関係の文献は今でも貴重な話に満ちている。そして最近のものでは本書が驚くべき視点から、植物の今まであまり語られたことのない深い考察をしていて、じっくり考えさせられる。

例えば私たちは植物が光を求めてさまざまに動いている（葉を動かす、花を回転させる、つるで何かをつかむ）ことを数々の実例をもって知っている。これまでの植物関係の本では、光合成のための動きという程度で説明は終わっている例が多かったが、ここでは地球上のあらゆる植物がそのための大小さまざまな闘いをしていると説明される。それは非常に多岐にわたる事例に基づいていて、ここで具体的にそれぞれを紹介することはできないが、今まで知らなかったことも語られていて思わずのめり込んでしまうのだ。

葉や花やつるが闘っているのと同じように、根もまた別な方面で別な動きをしながら闘っているのを知る。なるほど植物というのは地上に出ているものだけで成り立っているわけではなく、当然根の部分の存在も大きく関係している。植物は地上にある部分も地下にある部分も「眠る」ということも初めて知った。

もっと驚くべきことは、植物が目を持っているという話だ。植物の表皮にある細胞がレンズとして機能しているというのだ。つまり植物は自分の周辺を見ているという訳である。

ある章のタイトルは「植物には、さらに15の感覚がある！」というものだ。人間と非常によく似た五感（視覚、嗅覚、味覚、聴覚、触覚）を備えている以外にも、重力を感知する能力や、磁場を感知する能力、空気中や地中に含まれている化学物質を感知し、測定する能力もあるという。その他にもある種の化学物質を放出できるというから、人間よりも優れた機能をもっているといえるのかもしれない。

不可思議で魅力的な微生物の世界

デイビッド・モントゴメリー
アン・ビクレー
『土と内臓』（築地書館）

大手新聞の三分の一ぐらいを使った大出版社の派手な書籍広告などよりも、いわゆるサンヤツと呼ばれるほとんど活字だけの出版広告の中に、タカラモノ級の本が混じっていることが多い。本書などその代表的なもので、まず最初に目が行った。「微生物がつくる世界」というサブタイトルと、ストレートながらも意味ありげな表紙のイラストがこの本の魅力を強烈に印象付けていて、ライアル・ワトソンの書いた『風の博物誌』（河出書房新社）を見つけたときのような興奮を覚えた。

題名通り、地球と人間を形作る微生物についてありとあらゆる角度から考証していき、のっけからこの微生物の世界のスケール感に圧倒させられる。

まずその数だ。地球上には一〇の三〇乗個の微生物がいるらしい。別の言い方をすると一〇〇乗個

—だ。と言われてもにわかには見当がつかない。一のあとに〇が三〇個つくのだという。大体、微生物は一ミリの一〇分の一未満、あとは目に見えない細菌にいたるまでのことをいうらしいが、これらを全部一つながりにすると一億光年の長さになり、今地球の夜空に見える最も遠い星よりもさらに向こうに行くらしい。その数も宇宙にある星の数よりも一〇〇万倍以上多い。

「どこにでもいる微生物」という小見出しの文章は、これだけの数だから微生物は地球上のあらゆるところに存在している、ということを丁寧に案内してくれる。それを数値で表すと、この地球上にある生物のほとんどは微生物ということになるようだ。

いたって読みやすい文章、翻訳であり、話が深まって行けば行くほど、微生物社会の不可思議で魅力的な世界がじわじわ見えてくる。

この本のショッキングでもあるが最大の驚きは、人間の腸と樹木との比較であった。植物が土壌からあらゆる栄養分を吸収するように、人間は腸から生命の基本を吸収し吸い上げ、体全体の生命バランスを構築している。これまで知らずに見過ごしてきたことがあまりにも多いこのミクロの王国にしばしさまよう喜びを久々に味わった。

II　旅の空　星の下で食べる

ドロリ目談義

ぼくはどうも目に対して異常な執着があるようだ。

気がつかなかったのだが、ある評論家が、ぼくの書いたものをいくつか読んで、「かれは目に対するこだわりが凄い。ほかの部分はともかく、目に対する描写となるととたんにエンジンを全開するようだ……」

などと書いていた。

改めて考えてみるとなるほどそうなのだ。『わしらは怪しい探険隊』（角川文庫）という妙な題名の本では、ぼくはふたつのにごった目玉について詳述している。

ひとつは「ドロリ目」というものだ。

高校時代の夏にちょっとまとまった小遣いがほしくて、友達と二人で歳を偽り、千葉港で沖仲仕（港湾労働者）のアルバイトをしたことがある。

このときぼくたちのカントクがこのドロリ目だった。

大男で、むかし力道山プロレスのときに日本にやってきたイタリア人レスラー、プリモ・カルネラに全体の雰囲気が似ていた。

正面から見ると、このカントクの目玉は白目と黒目の境界線がなんだかいつもぼやけていた。黒目はたしかにあるのだが、そのまわりの白目となんとなくいいかげんにまざりあってしまっていて、どうも目の玉というかんじがしないのだ。黒目のまわりが白目ではなくて、全体にオウド色がかっていたからなお見わけがつかなかったのかもしれない。

このドロリ目に見つめられると、なんだか首すじのうしろあたりがヘンにかゆくなるような気がした。

しかしドロリ目のカントクはなかなか気持のいい男のようで、夏休みが終りに近くなり、アルバイトをあと二日でやめようというとき、ビールをのみに近くの店につれていってくれた。そうして、

「本当は雇っちゃいけねんだけど、おりゃああんちゃんが高校生だってこと知ってたけどよお、学校へいったら勉強がんばれよ」と、ドロリ目とはあまり似合わないすこしカン高い声で言った。そして、

「あんちゃんはいい体してっから将来立派な土方（建設労働者）の大将になれっぞ」と言ってドロリ目をすこし細め、くくくくっと笑った。

その本の中で語っているもうひとつのにごった目は、ぼくの友達のタカハシ君の目だ。彼の目は純粋ににごっていたので、ぼくはそれをそのまんま「ニゴリ目」として書いた。

当時ぼくの住んでいた千葉にはチンピラが大勢いて、それらの多くはたいがい険のあるにごった目

をしていた。にごった目で「くわっ」と相手を睨みつけ、はげしく威嚇するのである。

高校生の頃、そういうチンピラとときどき喧嘩をした。電車の中などでそういうのとフト目が合い、目をそらさないままでいるうちにさしたる意味も理由もない不毛の睨みあいとなり、そのまま「ちょっと降りろ！」と、まあこうなっていくのである。

通称「ガンヅケ」という。

このガンヅケはけっこうエネルギーがいった。当時はガンヅケしていてマバタキをするとほぼ判定負けで、このマバタキをせずにカッと目を見開いて相手の目玉の中に自分の視線をとび込ませていく、というのが勝負の要諦で、ぼくはそれが弱かった。

ずっとマバタキをせずにいると涙が出そうになってしまうのである。涙など出てしまったらそれはKO負け以下であるから必死になる。睨みながら涙を出さずにいるためにはマバタキするしか方法がなかった。

男の闘いというのは殴りあう前にすでに相当に厳しいものなのである。

ガンヅケに判定負けすると、くやしいし恥ずかしいものだから、そのあとの武力闘争の方で圧倒的な威力を示さねばならなかったが、ガンヅケですでに判定負けをくらっていると、殴り合いに突入しても精神的に萎縮している、というようなところがあるので、あまり見事な逆転KO勝ちというのはできなかった。やはり緒戦《しょせん》の目玉の戦いが相当に重要なのである。

動物はこのあたりのことを本能的によくわかっていて、犬なんかでもニンゲンに睨まれると、すぐんでしまうか吠えるか、どちらかの反応をする。ぼくはこのときの犬の気持というのがじつによくわかる。

千葉で沖仲仕のアルバイトを一緒にやったのは同じクラスにいた沢野ひとしという友達で、彼はいまプロのイラストレーターとして活躍している。古い友達のよしみでぼくの書く雑誌や本の文章のほとんどに彼がイラストをつけてくれている（なによりこの本の挿絵も描いている）。

沢野ひとしは別名「ワニ目の画伯」といわれている。彼の目がワニに似ているのだ。

ヒトの目を類型化する名人はジャズピアニストの山下洋輔である。おそらく彼も「目」が好きなのだ。

『ピアノ弾き翔んだ』（徳間書店）はのっけからトカゲ目とタニシ目というのが出てくる。トカゲ目はアタマに凶眼とつく。字面だけ見ていてもこれはワニ目よりも凶悪なかんじがする。

タニシ目は記号で書くとこんなふうになる。注意していると世の中でよく見つけることができそうだ。

山下洋輔が描く目ではもうひとつ点目というのがある。ナニかことがおきると点になってしまう目のことで、これもわりあい出会う率が高い。

ワニ目よりも凶悪なトカゲ目というのはどういうところで出会うだろうか、と考えてみるのだが、ヤクザの目などはかなりこれに近いような気がする。トカゲ目、ヘビ目、サメ目などというのにあまり見つめられたくないものだ、とつくづく思うのだ。

ぼくは以前、外国の海で本物のサメ目に睨まれたことがあった。海底一五メートルぐらいのところで、タイガーシャークと出会ったのだ。

サメは海の中で見るとじつに圧倒的に美しい姿をしている。砲弾のような体、鋭い背ビレ、灰色と黒色の色あい、どれをとっても戦闘体型そのもので、こいつが蒼すぎる海の中を、腹の下に何匹かのコバンザメをくっつけて泳いでいるさま、というのは本当に息をのむほどに見事だった。

戦略ジェット戦闘機、もしくは原子力潜水艦を彷彿とさせる雄姿なのだ。ジェット戦闘機というふうに見ると、腹の下のコバンザメがミサイルそのものに見えてくる。そしてジェット戦闘機と違ってサメのおそろしいのは、その突端のところに無気味な目玉がくっついていることである。

「サメ目」もしくはちぢめて「サ目」だ。

水中で出会うこの目は本当におそろしい。

やくざのトカゲ目だったら、いくらおそろしくても、どたん場で話しあえばなんとかなる、というささかの安堵があるけれど、サメの目玉は何を語っても通ぜず、という絶望的なコミュニケーション否定の上で成り立っているからこまるのだ。

海で何匹かのサメと対峙《たいじ》し、水中にらみ合いをしてからというもの、ぼくは山口組のトカゲ目だろうがマフィアのコブラ目だろうが、サ目にくらべたらどうってことないじゃないか、というヘンな自信がついてしまってすこし困っている。

『まなざしの人間関係』（井上忠司著、講談社現代新書）は目玉に執着するものにとってまことに面白い本だった。

人間は相手の目を見たり、まなざしを返したりする〝目の作法〟が民族によってまったく違う、ということをこの本を読んで知り、大いにうれしくなった。

以前からなんとなく「おかしいなあ」と思っていたことがあったのだ。

テレビのメロドラマを見ているときだった。愛する男と女が、お互いに心の内にひめていた愛を打ちあける大切な場面である。見ていて「どうもあからさまで嘘っぽいなあ」と思ったのである。

テレビのメロドラマだからもともと嘘そのものなのだけれど、嘘を嘘として見ていても、それがあまりにもハラだたしいほど嘘っぽいのである。男と女の演技はなかなかリアルで真剣なものだった。それでもしかしなにかが決定的に嘘なのである。どうしてなのだろう……？　といろいろ考えたのだがとうとうわからなかった。

この本を読んで、何年ぶりかでこのときのモヤモヤが解消した。

ドラマの中で男と女は向いあい、お互いに相手の顔を、相手の目を見つめあいながら「好きです」「愛しています」などと語りあっていた。

「日本人というのは、お互いに目を見つめあわない民族なのだ。とくに自分の感情をあからさまに告白したりするときなど、お互いに目を見あわさないようにして会話する民族である」

と、この本は語っていた。

そうなのだ。なにかおかしいと思っていた何かは、そこのところなのだった。

ぼくにも記憶はあるけれど、好きになった女に自分の愛をはじめて申し上げるとき、男はたいていあらぬ方を見て言うものだ。

相手の目をじっとのぞき込むようにして、堂々と「好きです、結婚して下さい」などと言うやつがいたらどうもそいつはインチキくさい。よほどのプレイボーイか色事師のくどき技ならともかく、日本人の男は愛や恋にはまだ基本的に日本民族的に強気になれない性分なのだ。

テレビのメロドラマの中で演じられた、お互いの目を見つめて愛を告白しあうやり方は、誰もがどこかで見ている外国映画の中の、外国人のやり方だったのである。

E・T・ホールの『かくれた次元』(みすず書房)によると、外国人といっても、アメリカ人とイギリス人あるいはラテン系の人々、アラブ系の人々はそれぞれ相手の目を見る方法がちがう、と語っている。

相手と語るときにもっとも相手の目を見ない(見ようとしないようにする)民族は日本人で、その逆にもっとも強烈に終始相手の目を睨みつけるようにして語ろうとするのがアラブ系の人々、であるらしい。そしてアメリカ人やイギリス人、中南米の人々といった民族がこの間にそれぞれ位置していく、というのである。

ここでもまたぼくはなるほど、と納得した。ラテン系の人々は相手の目をじっと見つめる民族ということだが、以前メキシコを旅行していたとき、黒い長い髪の毛を風にふるわせているグアダラハラ

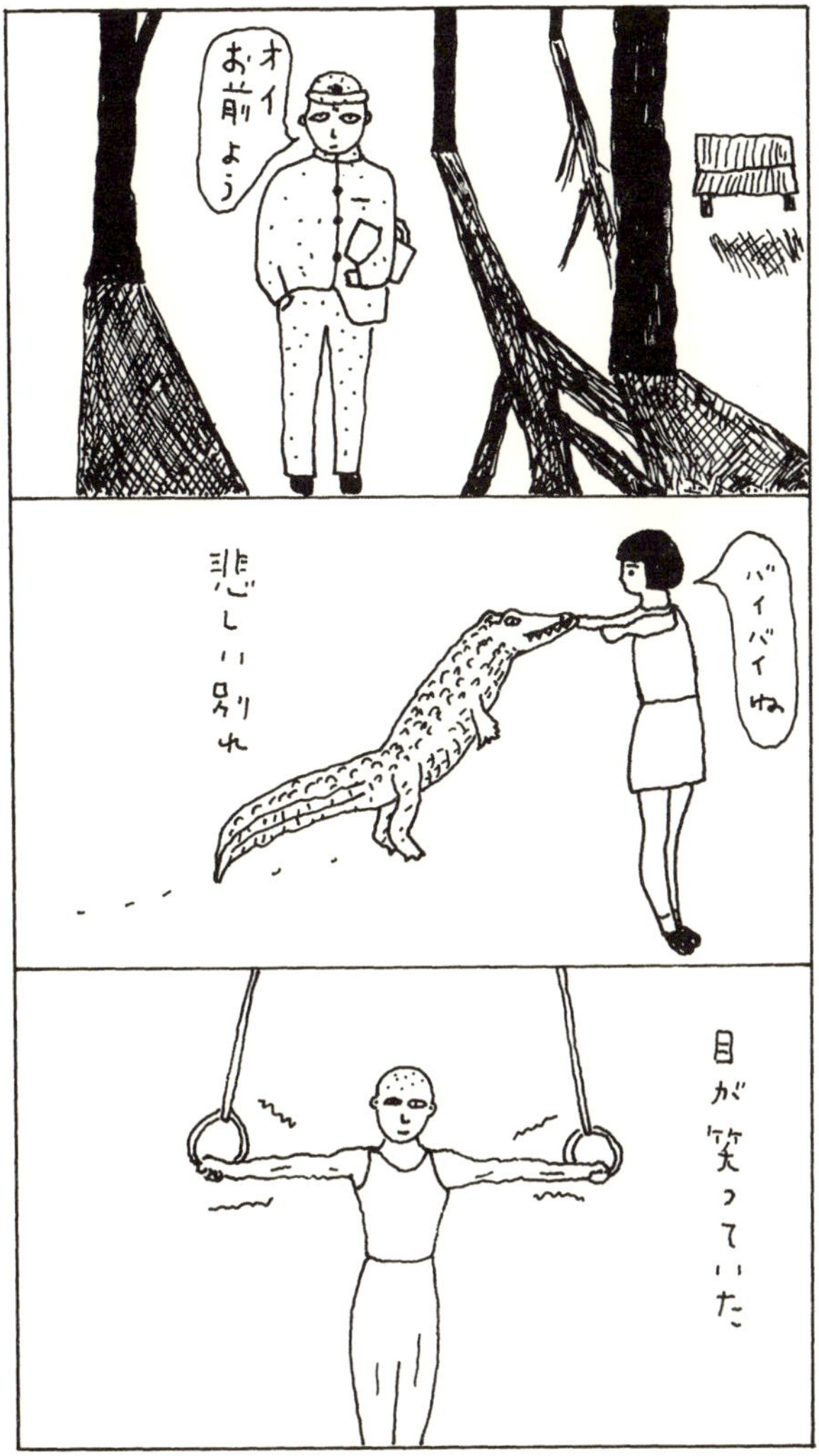
オイ お前よう
バイバイね
悲しい別れ
目が笑っていた

の女にじっと見つめられ、ぼくはすっかり情熱的な誤解をして舞いあがってしまったのだ。あのときいたずらにどきまぎして損をした、と今になって思う。やはり知識というのは少ないよりも多い方が人生にとってよいのだろう。

ホテルに泊まって朝など外国人と廊下やエスカレーターで顔を合わせ、なんだかとても気持がいいのは、彼らがじつにくったくなく、頰のはじのほうでほほえみ、目顔で挨拶してくることである。これはとてもいい習慣だと思う。

これが見知らぬ日本人同士というと、すばやく目をそらせるか、あくどいやつになると意味もなく睨みつけてくるようなのがいる。

朝、見知らぬ者同士でも、わらって目で挨拶してくる人々というのは、なにか厚い人間的余裕のようなものを感じる。かといって、これをすぐ日本人同士でやる、というのもむずかしい。中年の見知らぬおっさん同士がホテルの廊下で朝からにこやかに笑顔かわしあう、というのはどうもなんだか気持がわるいし、やたらに若い女の子に目顔ニヤつき挨拶などしているとやがて警察にマークされたりするかもしれない。

やはり日本人は日本人らしく、さりげなくさりげなく常に相手の視線を避けてひそやかに生きていくのが一番無難なのだろう。

目の好みでいうと、ぼくが一番好きなのは「赤眼」である。つまり血走っている目だ。赤眼男というのもときおり見かける。酒をのみすぎたやつ、バクチに負けたやつ、女に捨てられたやつ、虎の子をだましとられたやつ、いままさに警察に自主出頭しようとしているやつ。赤眼の男は大抵なにか状況がただならぬところにいる場合が多い。それはそうだ。だから目が血走っているわけなのだから。

以前『赤眼評論』（文藝春秋）という本を書いたことがある。世の中のいろんなよしなしごとについてさながら目を血走らせたような気分で書いたエッセイ集だ。

イラストレーターの沢野ひとしは『ワニ眼物語』（本の雑誌社）という本を書いた。千葉の港でドロリ目のオヤカタを見てしまった我々はこうしてまだまだはてしなく目と目玉に執着していくような気がする。

信じようが信じまいが

何の予備知識もなしに、書店でふいに出会った一冊の本を、いきなりすぐ買ってしまう、ということが何カ月かに一度ある。

本の題名とか、全体の装丁のつくり、とか手ざわり感であるとか、どれがどうであったから、ということは具体的にうまく言えないのだが、一瞬そいつを眺めたとたんに「あっ、これは読むべき本だ」と思ってしまうことがある。

『夢うつつの図鑑』（吉田直哉著、文藝春秋）はそんな本のひとつだった。

西武線小平駅前の小さな書店でこれを見つけ、そのまま電車の中で読んでいった。やはりぼくの直感細胞が「いけっ！」と素早く反応したとおり、非常に面白い本だった。のっけにライアル・ワトソンとサナダ虫の話が出てくるのだからまずたまらない。

ライアル・ワトソンはイギリスの異色生物学者で『風の博物誌』『生命潮流』『アースワークス』『スーパーネイチュア』など骨太の面白科学本をいろいろ出している。

机上学者ではなく自身で世界のさまざまな辺境地域に足を踏み入れて、モノを考えている、というタイプなので、その発言には非常な重みがあるのだ。

さてこの『夢うつつの図鑑』に書かれているワトソンとサナダ虫の話とはこうだ。

彼は世界の僻地に行くとき、必ずサナダ虫を一匹、体の中に入れていくのだという。これは著者のインタビュウに答えてワトソンが言っているのだが、なぜそんなことをするのか。

「彼の意見によると、この世でサナダ虫ほど頑健な生物はいない。ありとあらゆる毒を、自分で解毒してしまう。だからサナダ虫を一匹、腸内に入れておけば、どんな悪い水をのんでも、腐ったようなものを食べても、ちゃんと解毒してくれる、というのである」（本文より）

ワトソンはそのために僻地へ出発する日程に合わせてサナダ虫の卵をのみ、うまく育てて腹の中で活躍させ、用済みになったら特別の薬をのんで体外に出してしまうのだ、という。果たしてそんなふうにうまく体内飼育物を排除ができるのかどうか、人ごとながらすこし不安もあるのだが、ワトソンの書いた本を読んだばかりだったので、この話はおそらく本当だろうと思った。

世の中には「信じようが信じまいが……」という話はいくらでもある。そうして何かとんでもない話を聞いたときに「わたしゃそんな話信じないね」ということの方が多ければ多い人物ほどなにか話をしていても面白くない人である――という単純な公式が成り立つような気がする。それからまた国によって、あるいは民族によって、そういうふうに思う人が多い国と少ない国、というのがかなり明確にあるような気がする。

日本などは相当に頭のかたい、融通のきかない市役所窓口的国家、というようなところがあって、自分の理解を超える現象や行動はすべて異端とか奇異不可解異常などといった排斥作業で片づけてしまうところがあり、はなはだ面白味のない国なのだ。

ライアル・ワトソンの『スーパーネイチュア』（蒼樹書房）は、オノレの頭の固さを試すのにちょうどいい本ではないかと思う。書かれている内容は具体的な事象をベースにした超自然現象の分析だが、一見興味本位のテーマが並んでいるように見えるものの、内容はとても難しい。そしてずっと読んでいくと、やがて明確にこの中に書かれていることを「信じる者」と「信じない者」の両者にわかれていくような気がする。

ぼくは「信じる」者だ。この世の中に超常現象というのはいくらでもあるし、そのひとつひとつはやがていずれも科学のレベルで説明可能なものであるような気がする。

それにしても、こと「超常現象」ということになるとどうして日本のジャーナリズムは画一的にそして決定的圧倒的にくつわをそろえて「懐疑」の姿勢を見せるのだろうか。

たとえば「スプーン曲げ」がそうだった。これまで日本のマスコミには何人かの「スプーン曲げ少年」が登場した。マスコミというのは日頃芸能人の結婚だとか離婚だとか不倫だとか、あるいはパンダだとかエリマキトカゲだとか、いずれも遊園地レベルの話題追究に血道をあげているのに、こと「超能力」といった話になると急に分別くさい顔つきをしてまあちょっと「垣間みる」あるいは適当に「茶化す」という姿勢しかとれないでいる。

本当は「科学レベル」で見ていくべきことを、人材不足という事情もあるのだろうが「芸能レベル」で見る人しかいない、というところにその原因があるようだが、これはよく考えるとたいへんムナシイ話なのである。

以前、こうしたマスコミの茶化した報道に翻弄された一人の「スプーン曲げ少年」に会い、彼の不思議な力をまのあたりにしたことがある。

少年は都内の下町に住んでいた。両親は寿司屋をやっており、おとなしい気の弱そうな夫婦だった。

少年はぼくと文藝春秋の編集者の前で、すこしムッとした表情のまま簡単に何本かのスプーンを曲げてみせてくれた。

「その日の気分によって随分ちがう。沢山の人が取材に来たけれど、そういう取材にくる人の気持のむけかたにもけっこう影響されるよ。最初からインチキだろう、とキメこんでくる人の前ではどうもあまりうまくいかないし……」

そんなことを言いながら、明るい蛍光灯の下、少年の好きなロックミュージックの流れる中で、カレーライスなどを食べるような太いスプーン（文藝春秋の社員食堂から持ってきたものだった）を、少年は我々の目の前で何度か指先でこすり、見事にぐにゃりと曲げてみせてくれた。

「曲げるときに何か考えてるの？」

という質問に「スプーンさん、曲がって下さい、曲がって下さい、ってたのむんだ……」と、少年はすこしハニカムように笑って言った。冗談まじりだったのかもしれない。

その日実は約束の時間よりすこし早目に着いてしまったので、少年が学校から帰ってくるまで寿司をつまみながら少年の両親にいろいろ話を聞いていたのだ。

両親は基本的に〝マスコミ不信〟の表情をあらわにして、我々の聞くことをボツリボツリとしか話さなかった。取材にくるマスコミの多くが、たしかに少年の指先でぐにゃりと曲がってしまうスプーンに驚き「うわー、すごい、本当なんだ!」と目を丸くして帰っていくのだが、書かれた記事や放映されたテレビ画面では、たいていいつも「?」印つきの、妙に底意地の悪いインチキ視したとらえ方になっているのだという。

父親は「おそらくあんたたちもそうなのだろうがね!」というような表情をして、すこし投げやりな口調で話をしていた。

そうして「まあこれでも見ますか?」と言って、バスタオルにくるんだなにか重いものを我々の目の前に置いた。ひろげてみるとその中にはおびただしい数の曲がりくねったスプーンやフォークがあった。少年がいままで記者や取材者たちの前でひん曲げてみせたものなのだという。

実はこのおびただしい数のスプーン類を眺めたとき「うわあこれは本物なのだ!」とぼくははげしくおののいてしまったのだった。正直な話、その店に行って、そいつを見る前まで、ぼくもあまりスプーン曲げの世界というのを信用していないところがあった。どちらかというと、この目で見てインチキを見破ってやろう、などとさえ、思っていたのである。

ぼくがうなったのはその曲げられたスプーンやフォークの状態だった。スプーン曲げというのは柄と首の境界あたりの一番弱そうなところがクニャッと折り曲げられてあるのだろう、と思っていたのだが、実際はそんなナマやさしいものではなかった。

「ぎゅるぎゅる」という音の形容でもまだ足りないようなかんじだった。スプーンの首のあたりが何回りもねじくれているのだ。あるいはフォークの四本の手先が方向の統一性をまったく無視したかんじでそれぞれてんでんバラバラに、あるものは三段階ほどにねじれ、あるものはひしゃげ、あるものは折れ曲がり、ひとことでいえばまあ全体に〝狂ったように〟変形のきわみをつくしているのだ。

ぼくが「うっ」と唸《うな》ったのは、その変形のエネルギーというものが一目みて、人間のものではないな、と感じたからだった。何かきわめて安易に人をおどろかしたり騙したりするために、ペンチやヤットコやスパナや万力を使ってねじ曲げたとしても、とてもここまで人間の技でねじくり曲げることはできないだろうな、ということが直感的にわかった。

もし人間がやろうとしたら相当なエネルギーと時間が必要だろうし、それにもし人間が人を騙す目的だけのためにやったとしたら、その人間はあきらかに精神に障害をきたした者に違いないだろう、と思われるのだった。

少年の父親は我々がそれを見て素直に驚いていたのですこし警戒心をといてくれたのか、やがてポツリポツリと〝そうしたもの〟の背景を話しだした。

小さい頃から〝不思議な子供〟だった、と父親は語った。その不思議な能力に気がついたのは三歳ぐらいの頃で、ある朝、起きてみると、少年の寝ている布団が五〇センチほど盛り上がっていた。驚いて布団をめくってみると、少年は五〇センチほども空中に浮いたまま「うーん、うーん」と苦しそうな声をあげているのです。

——と、父親はすこし我々の様子を窺《うかが》うようにして静かに言った。

「いや、じっさい、おどろきました」と、父親はひくい声で言った。

「その日から、いろいろなことがはじまったのです……」と。父親はその後少年の周辺でおきた沢山の不思議な現象について話してくれた。「信じようとしない者」にとっては、それらの話はたいして面白くないことであるのかもしれないが、ぼくには息をのむような話ばかりだった。しかし少年が人の前でスプーンを曲げたりして、その身の内にそなわる不思議な能力を「信じない人々」とか「信じたくない人々」に必死になって証明しようとしても、それは結局のところとてもムナシイことでしかない、ということをいろいろ苦い経験を経由して知ってきた父親の、なんだかやるせない気分、といったようなものが、その話の周辺にとりまいていた。その人智を超えたねじ曲りスプーン群を見たあとでもあったから精神的に説得力がある。

「そういう能力を持った子供がどうしてあなたの子供として生まれてきたか、ということを考えたことがありますか?」と、ぼくは質問した。

すると、それまで黙って夫と我々の話を聞いていた母親が、

「あなた、あの話をしてもいいでしょう?」

と、夫の顔を見ながら言った。

夫は曖昧にうなずいた。

「不思議な能力は息子だけではないんです……」と、母親はすこし不安そうな顔をして言った。そういう話をするのにためらいがあるような、しかしでも思いきって言ってしまおう、という気持がその表情の奥にないまぜになっていた。

「あの子の上にお姉さんがいましてね。その子に不思議な能力がある、というのを知ったのはお姉さんの方が先だったのです……」と、母親は言った。

ある日、そのお姉さんが庭先に立って「あの木が可哀そう」と言って、突然泣きだしたのだという。まだ五、六歳の頃である。お姉さんが指さす先に一本のカエデの木があった。そのカエデは隣りの家の木だった。「あの木が泣いている、イタイイタイって泣いている……」と、お姉さんは庭先に立ってしきりにそう言ったのだという。

「はてヘンな子だねえ……」と思っているうちに、間もなく隣りの家（たしか病院と言った）の改築工事がはじまり、そのカエデの木はまっ先に根元から抜かれてしまったのだという。

そのとき母親は「まあオカシナことがあるものだなあ……」ということぐらいしか考えなかったらしいのだが、やがて息子のさまざまな超能力を知るにつれて、お姉さんのその日のことを「ああ、あれも……」と関連づけて考えるようになった、のだという。

「うまくできても、それを信用する前にどうやってインチキしたのかをなんとか見破ろう、という人ばかりなのでオレやんなっちゃって、あまり言わないんだけど……」

と、少年はぐにゅぐにゅに複雑な形にひん曲げたスプーンを前にして、ボソボソと言った。

我々は二人して「?……」という表情をした。

「オレ調子いいときにはさ、テレポーティーションもできるんだ」

と、少年は言った。以前ずいぶんSFを読んでいたのでテレポーティーションというのが「瞬間移動」ということである、というのをぼくは知っていた。一人の人間がA地点から瞬間的に消えてB地点に瞬間的にあらわれる、というモノスゴイ技だ。

「だけど、まだいまんところ三〇〇メートルぐらいだけどさ……」

と、少年はすこしまたテレくさそうな顔をして言った。ぼくは少年のこの話を聞きながら、今しがた少年の母親に聞いていた別の話を思いだしていた。

「この子がね、小学生の頃、このあたりに雪が降って沢山つもったことがありましてね。うちの前にとめてあったヨソの家の車の上にこの子たちが数人で乗って、飛んだりはねたりしたことがあったんです。そのとき車の屋根がベコベコにへっこんでしまいましてね、おとうさんがえらくおこったことがあります……」

「この子はひどくしょげましてね、部屋に入ってずっとしょげかえってたと思ったら、夕方になって、その車の屋根がまったくきれいになおっていたんですよ。それはもう本当にきれいにね。へこん

すこし入れすぎた
ワトソン
信じる人は
どうぞ本の中へ

ではげてしまった塗料まできれいになっているんですよね。みんな首かしげてました……」

ぼくがこの親子の言っていることをそのまま信用していたのは、この親子がよしんば、そのようにして両者で口裏を合わせ、嘘をついていたとしても、嘘をついて得るメリットというのは何もない、ということを知ったからである。

少年は間もなく有名になり「超能力の現場実験」などといったタイトルでテレビなどにも出るようになった。しかしこのテレビの中であるお笑いタレントが「インチキみつけた」などと騒ぎだした。お笑いタレントは何をどう見てインチキときめつけたのか不明だが、その超能力特集番組はインチキをあばいた、ということを大手柄のようにして、しめくくった。

ぼくはテレビの中で、少年がひどく困惑したような表情をして黙りこんでいるのを見ていることができなかった。少年はやがてテレビや週刊誌などにもまったく出てこなくなってしまった。

ライアル・ワトソンの『スーパーネイチュア』に続いて『アースワークス』（旺文社）を読みはじめた。我々をとりまく地球の自然は、人間の人智などチリやホコリにひとしいほどの超常のメカニズムをもっていることをこの本で知った。

目下の人間の知のレベルは自分たちが理解できることだけを信じる、という形でなんとか保たれているけれど、それはなんだか第二の天動説暗黒時代のような気がしてならないのだった。

日本の代表料理はこの三種だ

日本人は鍋料理が好きだ。これだけいろんな種類の鍋料理があって、みんな大好きなのに、鍋についての体系的な資料および研究概説書というようなものがあまり見あたらないのはどうしてなのか。「鍋の文化史」とか「鍋の博物誌」とか「日本人と鍋」なんてタイトルの本があってもいいではないか。実際に捜したのだがまるでないのである。

鍋のはじまりは何時頃のことであったのだろうか。『日本人は何を食べてきたか』（神崎宣武著、大月書店）によるとまず飛鳥、弥生の古代食に鍋はなかったようだ。安土桃山時代にもいまのところ見あたらない。戦国合戦の頃になるとちょっとあやしい。雰囲気としてはありそうなのである。

戦《いくさ》におもむく途中「腹がへっては戦はできぬでござる」とかなんとかどっかで聞いたようなことを口ばしって、どこかの枯木を集めてきて焚き火をおこし、そこらを走り回っていた猪などを弓矢でつかまえてくると、別の誰かがそこらの畑から芋だの野菜だのを引っこぬいてくる。別の誰かがそこらにころがっていた錆《さ》びた鉄兜《てつかぶと》を拾ってきてその中へそれらを一緒に入れて焼いてしまう、というまあ全面的にそこらから調達してきた野戦料理であるから当初はそれを「そこら焼き」と言ったというのはあきらかなぼくのウソだが、こういう料理の登場としてはいかにもありそうだ。

すきやきの起源は、農民がひと休みしていた折に腹が減ってしまったのでやはりそこらにあった鋤《すき》の上で肉を焼いて作った「すきやき」からきている——というのは有名な話だが本当だろうか。語源というのは面白い。

『テンプラ史論』（遠山英志著、青森県文芸協会出版部）という本がある。テンプラというよく考えるといかにも不思議なひびきをもつ料理にはかねがねその出生の秘密等に対して疑念を抱いてきたのだが、この本を読んでかなり鋭く納得させられた。

ではそのテンプラ語源のいくつかを。
①ポルトガル語で調理、塩、香辛料を意味する「テンペロ」（tempero）の訛《なま》ったもの。
②天主教（カトリック教の別称）では、天上の日の祭りを、ポルトガル語で「テンポラス」（têmporas）という。この日には魚肉料理を食べたことからテンポラスがしだいにテンプラに転じたとする説。
③スペイン語で寺を意味する「テンプロ」（templo）の語が転訛《てんか》して。「テンプラ」はヨーロッパ人の教会（南蛮寺）での料理という。
④スペイン語の「テンプランサ」（templanza）から転じた。「テンプランサ」は飲食の節制とか節約の意味で、宣教師や貿易商人等スペイン人の台所で下働きをしていた日本人が、さきの天上の日の魚肉の食事の日にこの言葉をしきりに聞いて料理名と誤認した——という説。

『テンプラ史論』の著者はこの④がいちばんそれらしい、と語っている。この本にも紹介されているが、『日本人と西洋食』（村岡實著、春秋社）に、ポルトガルやスペインの宣教師が台所で下働きの日本人に「テンペラル」「テンペロ」「テンペランテ」「テンペランサ」などという言葉をそれこそ耳にタコができるくらいしょっちゅう言っていたので、油料理のことを「テンプラ」と言うようになるのはごく自然のなりゆきだったろう、と書かれている。

考えてみるとそもそもこの「天麩羅」という日本文字ほどアテ字っぽいものはない。

話は少し変わるが、日本料理の御三家というと「すし」に「すきやき」に「テンプラ」とよく言われるが、モノの本をいろいろ読むと、どうもこの御三家が本当に日本の料理の代表選手かというとだいぶアヤシイのである。

そのことを論じてある本をちょっと前に読んだのでいま少し捜してみたのだが、なにしろわが仕事場は五トンの本の山になっていて、すぐには見つからない。しようがないのでウロ憶えのものを書くが、「すし」はどうも東南アジアがその発祥で、日本古来のものではないらしい。「テンプラ」もしかりである。唯一「すきやき」が、牛肉をあのように食べる料理は他の国の起源に見られず、これのみが純粋な日本産といっていいだろう、と語っているのである。

で、さっきの「すきやき」の話に大いそぎで戻るのだが、すきやきの原形は江戸時代の「猪鍋《ししなべ》」ではあるまいか、と、これはわたくしシーナが激考（造語である）するのである。

いや、といいつつもさしたる根拠がある訳ではない。あるのはたったひとつ三笑亭可楽の名人芸のひとつ、落語「二番煎じ」である。「二番煎じ」は古典落語の名作で可楽のほかにもいろんな名人が語っているのだが、こればかりは可楽のあの鼻にツーンと抜ける江戸前口調でないといけない。

ここに「シシ鍋」が出てくる。噺の中で夜廻りを当番としてやらなければならなくなった町内の旦那衆が、寒さしのぎにと勝手に番屋に持ち寄った鍋や猪肉や葱や味噌で、こっそり「猪鍋」をつくって食う、という描写がじつに生き生きして旨そうなのである。

この噂に聞く猪鍋の作りかたは、鍋にさっと猪の脂をしいて猪肉と葱を味噌味で焼く、という要するにすきやきの原点的なスタイルである。水やら何やら入れてすき煮にしないところが実に酒の肴に合いそうで空腹でこの噺を聞いているともういてもたってもいられなくなる。

明治になって牛肉が食べられるようになり、この鍋は牛肉が主役にとってかわり、豆腐や白たきなどが新たに加わって今日の恰好に発展していったのだろうと想像するのである。

江戸時代の田楽から発達した「おでん」ももともとは鍋の範疇《はんちゅう》にいたらしいが、いまの屋台のおでんを鍋とみるには少々無理があるだろうから、これはすでに別れて確立したすぐれて伝統的な日本料理であると考えたほうがいい。

すると日本料理の御三家は、「テンプラ」と「すし」をはずして「すきやき」にこの「おでん」を加えるべきだ、と革新的守旧派（ぼくのことですが）はにわかに声高に申しあげるのである。

ではもうひとつは何か、という問題になってくるのだが、おどろくべきことにここになんと「カレーライス」が加わるのである。

「何をいうのだ、カレーといったらインドではないか。インドといったらカレー、カレーといったらインド！　と昔から決まっていてそれは世界が認める常識なのだ。そのカレーを日本の代表料理などと言って国際問題になったらどうする気か！　ドン」などと机を叩いて怒る正しい人も多いだろう。しかし落ち着いてもう少し当方の話を聞いていただきたい。

このことを論ずるにはまたまたヒトの力を借りねばならない。

『カレーライスと日本人』（森枝卓士著、講談社）を読んでいたら目からウロコが一五、六枚もばらばら落ちてしまってこまったのだが、この本はかねがねぼくが漠然と抱いていた居心地の悪い疑問を見事に解明してくれた。

結論をいうと、日本のカレーとインドのカレーはその思想もルーツもつくり方も味も、実際にはまったく別ものだったのである。

著者はこのことを問いつめるためにアジア全土の「カレーを食っている国々」を歩き回り、インドではは日本のカレーをつくり、インド人にそれをたべてもらう、という実践をふまえて、このことを語っている。かつてぼくもインドを歩き回り、カレーとインドのことについてつくづく考えた。そしてスリランカの家庭では日本から持っていったカレールウとコシヒカリを使って、スリランカカレーと対一の勝負をしたことがあるのだが、その結果、日本のカレーはカレーであってもアジアで一般的にいうカレーでない、ということに気がついたのである。

ではインドを巨大なリーダーとするアジアのカレーと日本のカレーがどう違うか、ということについてはこの森枝氏の本を読んでもらったほうがいい。いや、ひとくちで語れないほどその差の奥が深いのである。

ここで少しブンガク的なことを言わせてもらうと、日本のカレーライスは夕やけの味なのである。うーむこのあたりの記述もなかなかじつに奥が深そうではないか。

子供の頃、まだ家の近所に原っぱというものがあって、あたりが暗くなるまで遊んでいた。するとその原っぱに友だちのお母さんや、わがオニのオフクロなどが夕食だからもうウチへ帰りなさい！　と呼びにくるのであった。

そうしてフショーブショーに「じゃあまた明日ねー」などといってかけ足で家にむかうのであるが、その道々、夕暮の時間の中にフワッとカレーのにおいが漂ってくる。わあ、いいなあ、カレーライスだ、どこのうちだろう、いいな！　とその一瞬全身をイブクロにしてさらにかけていくと、なんとそのカレーの匂いはわが家のものであった！　というときのヨロコビといったらなかった。生きていてよかった、とつくづく思ったものである。もっとも小学生だからまだたいして生きちゃあいないのであるが……。

これだけヒトの人生に深くかかわってくる料理を日本料理といわずに何と呼べばいいのか。反論できる人がいたら前に出てきなさい。

——そうだ。大事なことを忘れていた。日本料理新御三家を語る上で、さきほど「おでん」を挙げたが、しかし本当のところはそうではないのである。もう一方の強力なやつを忘れてはいけない。

「ラーメン」である。日本のラーメンもすでに中国のラーメンとはその思想も味も目的もまったく異なった別の人格、じゃなかった「ラーメン格」を構成している。そのことについてはまたいつか改めてじっくり語ろうではないか。

かつおぶしはエライ

クルマの中でもっぱら落語や浪曲を聞いている。いまは広沢虎造の「清水次郎長伝」である。以前は「三十石船」とか「お民の度胸」などといったサワリのところだけのテープしかなかったのだが、CDで全巻揃が手に入ったので順番に筋を通して聞いている。

終盤にさしかかり「代官斬り」をしたあと、次郎長一家は三年ほどの長いワラジを履くことになった。とりあえず山にこもるときに「かつおぶしを沢山持っていけ」と次郎長は言う。

「ん？　なんだなんだ……」

と思いましたね。かつおぶしで何をするんだ？

すこしたってその意味がわかった。かつおぶしは山の中の逃亡的日々の非常食なのであった。それにしてもあの堅いかつおぶしをみんなしてどうやって齧《かじ》るのだろうか？

やがてそのことの疑問も解けてきた。しかしそれはついせんだってのことだ。

『日本食生活史』（渡辺実著、吉川弘文館）を読んでいたら、戦国武士の兵糧食品として糒《ほしいい》、焼米、梅干、味噌、塩、胡麻などと一緒にかつおぶしも携帯していたとある。そのかつおぶしは現代のかつおぶしのようにあそこまでコチンコチンに堅く干したものではなく、もっとやわらかい生利節《なまりぶし》に近いものであったらしい。

「鰹の頭と尾を切り、腹《わた》をぬき、骨をのぞき、二枚の切肉にしたのをさらに二つか三つに切り、それを大釜で煮てとり出し、三十日ほど乾し、鮫《さめ》皮をもって削り、なわで磨いて仕上げる」（同書より）

この製法だと刀で簡単に削りとることができるくらいのやわらかいかつおぶしになっていたようである。

武士たちは玄米をたべ、かつおぶしを齧ってタタカイの力を得ていたのだろうか。

『魚貝譜』（石黒正吉著、東京書房社）に「薬木を削る」という表現がある。

天武から称徳天皇時代（六七三―七七〇年）は肉や魚の禁食令がたびたび出されていた時代で、その頃猪を牡丹と言い換えたようにかつおぶしを薬木と称していた、というところがいじらしくそしてまたしたたかである。

以前、南米をテントと自炊で旅行していた時に、夕食の仕度のためにかつおぶしを削っていると、同行しているインディオが実に珍しそうに目を見張り、「それは何の木か？」と聞いた。たしかにかつおぶしの知識のまったくない外国人からみたら、あれは木以外の何物でもないだろう。炊事担当の冗談好きの仲間が「これは味の木といって日本だけに生える素晴らしい木で、こうして削って煮るとうまいスープができるのだ」と言ったら、タネあかしをするまで彼はしばらく本気で信じていた。

魚をあのように木と間違えるばかりに堅い保存食にした日本人の知恵は実際まったく素晴らしいことだ。

かつおぶしを薬木と言い換えてそれを食していた大昔の日本人の話を読んでそんな南米の旅のことを思いだしてしまったわけだが、戦国合戦の兵糧から清水次郎長一家の逃亡食をへてかつおぶしは今だに日本人の行動食のベスト1ではないか、とぼくは思うのだ。

辺境といわれるようなところを旅行するとき、ぼくは必ず黄金の三品目を持っていく。醬油と海苔とかつおぶしである。

しかしこれも三品目揃えるようになったのは比較的最近のことで、当初は醬油だけであった。一リットル入りの水筒に入れて持っていった。

これはいたるところで威力を発揮した。町から遠く離れた土地をテント泊に自炊というスタイルで旅していくと、手に入る食材はしだいに限られてくる。

日本という四六時中どんな食材でも簡単に手に入ってしまうような国に住んでいると、世界の多くの国々は、いかに食べるものが何もないか、ということに気がつく。山の中などに入ってしまうと、とりあえずその時期そこで作られているもの、獲れるものぐらいしか手に入らない、ということが多い。

たとえば肉はひつじだけ、野菜は瓜と玉葱だけ、という土地がずっと続いたことがあった。

このとき隠し持っていった醤油が我々を救った。醤油の味つけさえあれば日本人というのはなんとかやっていけるものなのである。

砂漠の旅では料理班の作る毎日の食事がただ米を煮たおかゆ状のものだけだったので、醤油を持っていったぼくは砂漠の中で一時期英雄のようになった。殆ど塩味しかないおかゆにほんの少し醤油をタラすだけで信じ難いほどの懐かしく旨いものになったので、みんな醤油をほしがったのである。

ぼくは麺類が好きなので、外国の辺境地へ向かうとき、都市部でスパゲティを買っていく。スパゲティはたいていの国にある。そいつを茹でて、玉葱と醤油をからめて食えばこんなにシアワセなことはない。ここにかつおぶしが加われば無敵だな、ということにある旅で気づき、その一品を加えた。そうして南米で、すこぶる粋なかつおぶしのすまし汁を作っているときにさっきのその「味の木」の冗談となったのである。

外国に行きだした当初は、その国にはその国の食生活と文化があるのだからわざわざ日本の食い物などを持っていくのはヤボなことだ、などと思っていたが、それは観光旅行レベルの話で、外国で体を使った仕事をする、というようなことになるとやっぱり日本人は日本のめしを食わないと本当の勝負ができない。

テレビのドキュメンタリーで、一カ月ほど毎日海に潜るという仕事をしていたときのことだ。我々の乗った船はフランス人がオーナーで、コックもフランス人。毎日フランス料理という訳だが、しかし毎日海に潜るというのは大変な肉体労働なのである。舌ビラメのムニエルなんかじゃ力が出ねえんだよわしらは！　とついに怒りだし、仕事仲間とその船の倉庫をあさっていたら米を見つけた。「おお！」という訳でさっそくそれを炊いて、用意のかつおぶしに醬油をまぶし、ついでに生タマゴもぶっかけて醬油かつおぶし生タマゴまぜゴハンという感動的なまでに元気の出るめしを作ったのである。

そうしてこの経験から、やがてもうひとつの国産スグレモノ「海苔」にいきつく。

近頃はわりあい楽にどの国でも米が手に入るようになったから、外国の旅に海苔を持っていくのは大変に賢いことである。いま日本の真空パック技術はたいしたもので、封を切らないかぎりずっとパリパリの鮮度を保っている。しかも海苔はカサばらず軽いから十帖ぐらい持っていくのは簡単である。

鮭の遡上してくるアラスカの海べりでキャンプしていた時、この鮭の切り身とイクラとかつおぶしと醬油をできたてあつあつのゴハンにまんべんなくまぜて、海苔の手まきで食ったときのヨロコビを忘れることはできない。あれはわがキャンプ料理史のダントツ・ベスト1の味であった。

海苔もまた外国人には奇異な目で見られる。アメリカ人はためらわずブラックペーパーと呼んだらしい。そうとしか言いようがないのだろうな。

ぼくは子供の頃、東京湾に面した浅草海苔の産地に住んでいた。何度かその海苔作りの現場を見たことがあるが、それは大変につらい作業である。最盛期は真冬で、山本周五郎の小説『青べか物語』にあるあのベカ舟に乗って海苔を取りにいく。遠浅の海に〝海苔の畑〟がある。竹を沢山差し、漁網のようなものをそれで固定した。「のりひび」がそれである。この漁網には海苔の果胞子を付着させてあり、葉状態に育ったそれを手でむしり取る。持って帰った海苔を桶の水でよく洗い、包丁でザクザク切っていく。これをまた水に浮かべヨシ（アシともいう）を編んで作った簀《す》の上に薄くのばし型枠の中で形をととのえる。

この作業はすべて寒風の中、素手で行われるから、見ているだけでも寒そうだった。その翌日、まだ陽のあがらないような時間にリヤカーにのせて干し場に運ぶのだ。

一家全員の仕事であった。だから海苔を見ると今だにその大変な製作過程の光景が目に浮かび、いいかげんな気持ちでたべるわけにはいかなくなる。そして今だに海苔はいとおしく、とてもヨワイ。海苔を見ると黙っていられない。胸がさわいで頬ずりしたくなる。

そのことを知っている友人は「ノリコン」ではないかとぼくのことを言う。そうかもしれない。『食卓の博物誌』（吉田豊著、丸善ライブラリー）に、海苔の技術のルーツは古紙再生業にあったと書いてあるのでびっくりした。

——元禄、享保のころ、江戸の人口は一〇〇万人を越して当時世界一の巨大都市になっていた。そしてそこから吐きだされるばく大な廃棄物のリサイクルシステムが生まれていたのである。屎尿《しにょう》は下肥《しもごえ》として周辺農村に供給されて米麦や野菜となって返ってくる。古着は古手屋《ふってや》、金属の廃品は古金《ふるがね》買い、灰は灰買いの手で集められ再利用された。そして紙屑拾いの手で集められた古紙は抄《す》き返して落とし紙（トイレットペーパー）に再生された。その紙抄き場が橋場、今戸など浅草地域に集まっていたため、この再生紙は浅草紙と呼ばれていた（同書より）。この紙抄き技術が、海苔抄きの技術に転用されていった、という説は大いに頷ける。初めて和紙の製造現場を見たとき、ぼくは即座に海苔づくりとの共通性を強く感じた程であるからだ。

浅草紙＝浅草海苔、の直結というのはあたかも黒い尻拭き紙のようでイメージとしてやや困惑があるものの説得力がある。

それにしても面白いではないか。

外国人はかつおぶしを木だと思い、さらに海苔を黒い紙と思っていた。その木と紙こそが日本食の確たる〝実力者〟なのである。

しかしこのかつおぶしにしても海苔にしても醤油がないと本当の実力を発揮できないから、ここに醤油を頂点にして、かつおぶしと海苔が左右を固めた黄金のトライアングルが（かなり強引ながら）成立するのだ。

……とここまで書いてきて、果たして大丈夫かな、とフト思った。果たして本当にこの三者は純然たる日本産なのであるか。

かつてぼくは黄金の大衆的日本食ベスト3を、寿司、てんぷら、スキヤキと書いたことがあるのだが、あとでいろいろとその説をくつがえさせる指摘がでてきてあせったことがある。スキヤキはいいとしても寿司は東南アジアにその原型があるようだし、てんぷらはどうもポルトガルらしい。そしていろいろ思考愚考を重ねた結果、実質的にはラーメン、カレーライス（インドや東南アジアのカレーとはまったく違うので)、親子どんが純然たる日本食ベスト3というべきなのであった。

で、もって改めていろいろ調べてみると、よく語られるように醤油は東南アジアを源流とする魚《ぎょ》醤《しょう》と、奈良時代にすでにあった豆、麦、酒、塩で作った「醤《ひしお》」の二系統があるものの、多くの文献や古文書は醤の発展説だ。

海苔は平安時代の頃からあって当初は切り刻まず一枚ごとに押し広げて乾燥させたものを上層階級の人が甘海苔《あまのり》として珍重していたらしい。

『食卓の博物誌』によると、文献に「浅草海苔」の名が初めて出るのは寛永一五年(一六三八)。京都の俳人、松江重頼(維舟)編の俳諧手引書『毛吹草』で、その巻第四の諸国名産紹介の「下総」の項に「葛西苔《かさいのり》　是《これ》浅草苔とも云《いふ》」とあるのがそれだ――と書いている。

かつおぶしの初見は永正一〇年(一五一三)の『種子島家譜』であるという。当時、種子島を治めていた種子島家が領内の臥蛇《がじゃ》島から受けとった貢ぎ物の記録の中に「かつほぶし　五れん」という一文がある。

その後だいぶ後になって『貞丈《ていじょう》雑記』(伊勢貞丈《さだたけ》、一七一七―一七八四)に「かつをと云《い》ふ魚は古《いにしへ》はなまにては食せず、ほしたるばかり用ひしなり、ほしたるをもかつをぶしとはいはず、かつをと計《ばかり》いひしなり」と出てくる。

しかしその頃のかつおぶしは前にも書いたようにやわらかい(そして腐りやすい)生利節であったが、これを現代のような堅いかつおぶしにしたのは紀州の甚太郎という人で、延宝二年(一六七四)

のことである（『魚貝譜』より）。

ここでぼくは「おお」と一人で唸るのであるが、文献で浅草海苔の名を見た一六三八年とこれは随分近いではないか。

井原西鶴の『好色五人女』（一六八六年刊）に「醬油のたまりをまゐらば」とあるから、このころすでに現代の刺身醬油のようなものはあったのだろう。

ということは、ぼくのいう黄金のトライアングルを駆使したあつあつゴハンに海苔、かつおぶし醬油かけはその頃すでに食べることができたのである。だからどうした、といわれても困るのだが、しかしなんだか嬉しい。そしてこれだけ歴史があれば、この三品目は日本独自のもの、と断言してしまっていいのではないか。

ところが、このかつおぶし研究（？）をさらに深めていく過程でやっと手に入ったぶ厚い『鰹節（上巻）』（日本鰹節協会刊、非売品）に、宮下章氏のかつおぶしのルーツはモルジブにあり、という新説が出ていてまたもやびっくりした。

読んでみるとこういうことである。

――インド洋北部に位置するモルジブ諸島は一四世紀前半の頃からかつおぶしを作っていた。アラビア人の旅行家イブン・バットゥータ（一三〇四―一三六八）の『三大陸周遊記』の中に「モルジブ人は、アラビア、インド、支那との定期的貿易に従事して、これらの国々へ竜涎香《りゆうぜんこう》、べっ甲、鰹節、ココナツ、ヤシのロープ、貝貨を輸出している。鰹節は羊肉のような臭いがし、食べれば無類の活力をもたらす」と記している。一四世紀の前半というのは鎌倉時代末期から南北朝時代の初期にあたる。この時代は堅魚《かつお》や煮堅魚という乾燥品や煎汁はあったが、確たるかつおぶしは登場していない。したがって一五一三年の『種子島家譜』に記された「かつほぶし　五れん」は一四世紀末から一五世紀にかけて始まった琉球王国船を中心とする東南アジア諸国との貿易と関連があるのではないか。すなわちモルジブを基点に中国をはじめとする諸国へのかつおぶし輸出の延長線上にあるかつおぶしの渡来を考えたほうが自然ではないか。そうでなければ、都でもまだ燻乾や焙乾技術のないこの時代に都から隔絶した南海の小島にどうしていきなりかつおぶしが出てくるのか説明が難しい。

——以上が宮下氏の新説概要である。

そのモルジブに行って鰹釣りの現場をはじめとしてかつおぶし製造にいたるまでを見てきた。

鰹釣りは日本と同じ一本釣りで、ナブラに当ると大量のしこいわしをまき餌《え》にして皆で一斉に戦闘状態で釣る。モルジブのかつおぶしは日本でいう荒節や鬼節と同じ燻乾製法で、黴《かび》つけはしないから、完成したそれは生利節のようなかんじである。群島の中の、まさしく「かつおぶし島」とでもいうべき、かつおぶししかない島へ行くと、島中でかつおぶしを干していた。いつ頃からかつおぶしを作っているのか聞いたら、「モルジブという国ができた頃からだ」と鰹釣り舟の船長が話していた。観光協会の人は何やら資料をばさばさやったあと、一三、四世紀からだ、と答えた。つまり正確にはわからないらしい。この島のかつおぶしの食べ方は小さく切ってカレーライスにまぜる、というのが一般的で、カンナでかつおぶしを削り、それをスープのだしにする、という発想はまったくなかった。だから、モルジブでのかつおぶしは、日本のそれとは似て非なるもののように思えた。しかしモルジブが日本よりもずっと早くからかつおぶしを作っていたのはどうも間違いないようだった。

ああ残念、またしても三点セットの一角が崩れてしまったのだ。

アワビのえらさを今こそ聞こう

能登半島の輪島で名物の朝市を歩いた。朝市というから随分早朝からやっているのかと思ったらそうでもなくて、一〇時ぐらいでないと屋台は出揃わない。地元の人はあまり行かないという話で、いまは観光客用としての役割が大きいようだ。

おばさんたちの呼び込みがかなり激しく、のんびりヒヤカシがてら見て回る、という気配でもなく、呼び込む店のおばさんと目があったら、「もうダメ！」というかんじである。スリルとサスペンス。

魚やカニを売る店が多い。ナマモノを扱う屋台にはどこも「クール宅急便」の旗指物《はたさしもの》が風になびいている。朝市の写真を撮ろうと思って歩いていたのだが、どういう訳かこの宅配便の旗や看板は情景を壊す。風情がなくなる。

この看板や旗があるとそぞろ歩きのついで買い、という気配ではなくなり、モロに〝買い付け〟というかんじになってしまうからなのかもしれない。ファインダーを覗きながらそう思った。

「あんた、写真撮るなら何か買わんと！」

ストロングなおばちゃんに一喝されギロリと睨まれた。

「これから舳倉島《へぐらじま》へ行くからあっちのほうがもっと本場ものがあるでしょう」そう言うと、

「舳倉島に行ってもなんにもないよ。あそこで獲ったのをここらに持ってくるんだから」

おばさんは夢のないことを言った。こんちくしょう、と思ったが聞いてみるとたしかにそうなのであった。午後に島へ渡ったら本当に魚なんぞ売っている店は一軒もなかった。明治時代にタイムスリップしたような薄暗い小さなヨロズ屋が一軒。食品は缶詰類とインスタントラーメンふうのものぐらいしかなかった。あとは駄菓子のたぐい。海産物は干したカジメ（海草）しかない。

梅雨のさなかで、毎日小雨模様である。

「いまはこの島はねむっておるから何もない」

と、民宿のおばさんに言われた。七月になるとアワビ漁が解禁になり、輪島から大勢の人がやってきて毎日が戦争のようになるという。

知らなかったが舳倉島に住む人は輪島にも家を持ち、夏期だけアワビ採りのために戻ってくることが多い、という。

海岸線に並んでいる家の多くが、玄関も窓も板が打ちつけられているので廃屋になっているのかと思っていたが、そういう二重生活の島の人の家だったのである。

最盛期になると、海女が二〇〇人にもなるという。民宿のおばさんも海女であった。いや、島で出会う女の人は殆どが海女であった。

カジメを軒下にぶら下げている家で写真を撮っていたら、その家の住人も海女であった。六六歳。

今でも一〇メートルぐらいは潜るという。アワビ解禁までは浅瀬でワカメを採っている。この島では海女のことを海士と書いてやっぱり「あま」と読む。島で生まれた女の子は、とにかくみんな海士をめざすそうだ。

「わたしら子どもの頃の遊びは海に潜ることでしたよ。石を抱いて誰がどれだけ息を長く潜っていられるかの練習なんかもしていたですよ」

と、その老海士は話してくれた。

民宿にあった『能登舳倉の海びと』（北国新聞社編集局編、北国出版社）を退屈な島の夜にぱらぱら読んでいたら、なぜそこまでして島の子が海士をめざすのかその理由がわかった。腕のいい海士の稼ぎは三カ月で漁師の一年ぶんぐらいにもなる、と書いてあった。

アワビがいい値になるのだ。ことにその舳倉島周辺のアワビは伊勢志摩産のものと並んで形が大きく、味もよく、輪島の朝市ではこの舳倉島のアワビが主に売られているらしい。

アワビにもいろんな種類がある、ということをその本ではじめて知った。

なんと世界で一〇〇種類。おお！　アワビはこんなに大部隊大家族の中にあったのか⁉

しかし日本にあるのはそのうちのクロアワビ、メガイアワビ、マダカアワビ、エゾアワビの四種類で、それぞれ大きさも形も色も棲息場所（深度）も違う。

知らなかった。いままで随分いろんなところでアワビを食べたが、アワビはただもう単純にアワビ、だと思っていた。輪島あたりではこの四種類の中ではメガイアワビが一番格下で、値も安いそうだ。

輪島の朝市などで「これおまけに入れとくっちゃ」などと言ってひとつ余分にくれるアワビは、たいていこのメガイアワビらしい。

ぼくは八丈島によく行く。漁師に友達がいて行くたびに採ってきたばかりのトコブシを食べさせてくれる。はじめの頃、アワビの小さいのがトコブシかと思っていたが、やがてそうではない、ということがわかってきた。トコブシはトコブシなのだ。不思議なのは八丈島あたりはトコブシばっかりで、アワビがまったくいないことだ。次第にわかってくるのだが、トコブシというのは全国の浅場に棲んでいて、殻にある穴がアワビは四〜五個であるのに対してトコブシは六〜九個と多い。味も劣っていて、刺身には向かない、という。

八丈島では船揚げ場で焚き火を起こし、トコブシを網の上で焼いたのをよく食べる。ぶすぶすいってきたのを指で殻から引き剝がし、ワタと一緒に食べる。アワビもトコブシもこのワタが断然旨い。最近では、家に送られてきたトコブシをそっくり茹でてしまう。これをナイフで殻から引き剝がし、ワタと一緒にワサビ醬油でわしわし食ってしまう。酒のつまみにいいのだ。

余談だが（余談といえばそもそもみんな余談だけれど……）、かつおぶし好きなのでこのトコブシの〝ブシ〟という名にひどく気をひかれ、トコブシの干物をつくってそれを鰹節削りで細片にし、出汁《だし》をとったことがある。やっぱりトコブシの味がしてうまいんだかうまくないんだかよくわからなかった。むなしいのでそれ一回きりで〝ブシ〟の実験はやめてしまったが、かつおぶしの〝正規軍〟の援軍援助を得て合わせの出汁をとったらもう少しなんとかなったかもしれない、と今になると思うのだ。

むかし富山のある温泉にいったときのことだ。生きたアワビをテーブルの上で焼くという、その旅館の名物料理が出てきた。小さな七輪の上にのせられたアワビが苦しがって殻の中で身をよじり、身の左右のフチを中央にせりあげるように縮めてくねり、ひだひだを震わせやがてじゅくじゅくと身から汁などしみだしてくる有り様は、まったくもってあられもなく、いわゆる一つの猥褻《わいせつ》物と酷似していて、見守る一同息を呑んだ。少々格式ばった顔ぶれの宴席だったので、誰も感想は述べなかったが、一同そのとき同じことを考えていたのは間違いないようで、しばし息詰まるような沈黙があった。

思うにあれは旅館側もそんな演出意図をもっての〝特出し作戦〟にちがいない、と邪推したが、どっちにしてもああいう残酷料理はあまり趣味のいい厨房仕事ではないように思う。

『海の神信仰の研究』（堀田吉雄著、光書房）には、
アワビは海の女根の意である。アワというのは阿波、安房（千葉）、淡路、安波根（沖縄）など海につながる土地の名にも多いように、アワは海と考えられ、ビは美、女性である。すなわち海の女性の美、女神の性器である、と書いてある。うーむやっぱりそうであったか。

もっとも貝は全般に女性性器の象徴と見なされている。これは外国でも同じようで、ずっと以前オーストラリアのヘイマン島近くにある巨大シャコ貝の群棲地に潜ったとき、その土地のダイバーがそういうスラングを口にしていた。その巨大なシャコ貝はなにしろ巨大で大きさが一メートルもある。

シャコ貝はそのギザギザの貝殻をいつも少し開けていて、餌を狙っている。ギザギザの縁は青や赤紫、黄色がかった橙色《だいだい》、蛍光ピンクといったおどろくべき可変的極彩色が施されていて、どうやらこれで餌をおびきよせるらしい。

水中でこの巨大貝のひらひらきらきらの色とりどりを眺めたとき、即座に池袋あたりの酔街《よいまち》ネオンのつらなりを連想してしまった。

おそらく考えていることの基本的な目的は、オーストラリアのシャコ貝も池袋のネオン街も同じなのであろう。

小さなシャコ貝も同じように岩の間などにはさまって、このきらきらの誘惑の口を開けている。そこに指でも入れようものなら素早くそれを閉じてしまうから、うっかりすると挟まれてしまってえらいことになる。実際にそうして指を傷つけてしまったスケベな男が友人にいる。

ところがオーストラリアのそのシャコ貝はなにしろ一メートルの巨大貝だから、口を閉じるまでにだいぶ長い時間がかかる。

「あれれ⁇　なんだなんだ⁇　うーむ、よっこらしょ！」というかんじである。しかも全部きっちり閉めることができない。

パラオの海にはヒメジャコという小さなシャコ貝がけっこういて、いくつか採ったことがある。切り身にして醤油をつけて食べる。こういうのを自分で採る、というのはなんだかたまらないヨロコビである。

アワビもむかし伊勢の海で採ったことがある。これはけっこう難しい。岩にくっついたアワビの間にネジ回しを差し込んで引っくり返すのだが、一発でうまく隙間に差し込まないと、ピタッと岩に密着してしまって、文字通りもうテコでも動かない。ましてやネジ回しではどうしようもない。

舳倉島の海士はオービガネという独特の形をした返し道具を使ってアワビを一発で引っくり返すようだ。モタついて岩に吸いつかれたのを、強引に引き剝がして殻を傷つけたりするともう売り物にはならない、というからそのへんは厳しい。

息が長く続くことと、目がいいことが優れた海士の条件らしい。水中深く潜っていくときに、どこにアワビがいるか素早く見つけられる〝いい目〟をしていることも勝負にモロにからんでくるからだ。この季節、海士の家の食卓は毎日アワビだらけであるという。殻が傷ついたものや形が悪いものなどがけっこう出るから、そういうものを食べるのだろう。

アワビのことが出ている本を捜して歩いていたら『鮑』（矢野憲一著、法政大学出版局）に出会った。いやはやこの本は全編アワビについての縦横無尽の博識話で圧倒された。

これを読むとアワビが日本の海産物文化のかなり重要な位置にいることがよくわかる。こういうきちっとしたアワビ大全の中からぼくなどが要点を抜粋してもしょうがないのだが、それでもまあ話を進めるためにすこし紹介させてもらうと、

「中国はサメのヒレ（魚翅）、アラビア語はラクダ、アイヌ語は熊、フランス語は羊、というようにその国のもっとも関心が高い、利用度の高いものの語句や料理の種類が豊かである。その伝でいくと

日本は断然魚、である。古代はとりわけアワビに関するものが多く、昔の日本人とアワビの関係が濃厚であったことがうかがえる。

具体的にはアワビの料理は古代の料理で約四十種類ものその加工品がある……」と。同書にはその主なものが書き並べられているのだが、ざっと見ていくと、のしあわびに代表されるような薄くはぎ取って乾燥させたもの、それを叩いて伸《の》したもの、切り開いて干したもの、串に刺して干したもの、糸で貫いたもの、等々さまざまな用法を駆使している。

中国の技術が色濃い「明鮑《めいほう》」という加工品の仕込みは次のようなものだ。

①アワビに塩をすりこむ。

②熱湯で約二五分煮る。

③天日で乾燥、または、焙炉《ほいろ》にかけてトロ火で乾燥。

④小型で三〇日、大型で四、五〇日乾燥させ、肉が石のようになれば完成。

食べ方は削ったり煮たりでスープにとったり身そのものを食べたりするようだが、いまは中国の高級料理ぐらいでしか使われていないらしい。

『滋味風土記』（魚谷常吉著、東京書房）に蒲鉾《かまぼこ》の多産で有名な八幡浜でアワビの腸の粕漬けをつくっていて、これがうまいと書いてある。そのままでも十分イケルが、ダイダイ酢を二、三滴落として食べるとたいへんよろしいそうだ。

今日のアワビ料理の多くはいかにしてそれを柔らかくして食べるか、というところにテーマがあるようで、イメージの豪華さや味の上でも目下一番もて囃《はや》されているのがアワビのステーキのようだ。

けれど、『飲食事典』（本山荻《てきしゅう》舟著、平凡社）には、

「貝の外面が青いのは雄で、雌のほうは赭《あかぎ》黄色をしている。こりこりと固い。ちょっと歯の具合の心配なむきは遠慮したほうがいい。刺身にむいているのは雄のほうで、貝についたままの肉の表面に荒塩をたっぷりとふって、束子《たわし》などでいせいよくこすると肉がしまってますます固くなる。固いものは固ければ固いほど美味《うま》いので、わざわざ手をかけて軟らかくするなどは邪道なのである。雄にくらべて、肉が少し軟らかい雌のほうは、塩蒸にむいている。軟らかいものを更に軟らかくするために、しばらく蕎麦粉《そばこ》にまぜておいたり、また大根でとんとんと叩いてもいい」

とある（抜粋）。文章を読んでいるだけでこっちの方の食い方がうまいように思えてくる。

アワビやカキの殻を見ると、いつも「勿体ないなあ」と思う。アワビやカキの殻はとにかくあまりにも立派であるからだ。

カキなどはあの身の大きさに比べると、三、四倍の大きな殻をまとっていたりする。あのぐにゃぐにゃした体（身）のどこからあのような固くて立派な殻を作れるのだろうか？　とソボクに疑問に思うことがある。

アワビはあの殻の内側の光沢の美しさにいつも目を奪われる。

『鮑』ではアワビの殻の利用についても勿論詳しく言及されていたので、これを読んだらやや安心した。

最初に出ていたのが螺鈿《らでん》（貝殻を砥石《といし》などで目的の大きさにすり減らし、木や漆地に貼ったり嵌《は》め込んだりしてつくる装飾技法）で、これは桃山時代あたりから行われていた、と書いてある。

弥生時代前期にアワビの貝殻を包丁として使った、という記録があるそうだ。石臼にへばりついた餅の掃除や、岩海苔を掻きとる道具、米や穀物の計量マスがわり。

むかしニワトリ小屋にアワビの殻をぶら下げていたのを見たことがあるが、たしかあれはキツネよけではなかったか？

江戸時代の頃から猫の食器はアワビの殻と決まっていた、というのを読んでうれしくなった。アワビの殻の食器利用は人間もやっていただろう。

しかしこのくらいの利用ではまだ勿体ないなあ、とぼくは思う。うんと大昔、あの殻を紐で結んで繋げて、イクサの時の防具として使わなかっただろうか？

つまりまあ鎧《よろい》の原型である。しかし重くてがらがらうるさいだけで使い物にならなかっただろうなあ。そんなバカなことやった人など誰もいなかっただろうな——ということもよくわかっています。

人生で一番うまかった醤油スープ

先日久しぶりに格式ばった会食の席に出た。着慣れないカラーにスーツというのもいけなかったのだが、フォークとナイフのフランス料理というのにいまだに馴染めずにいる。

すっかりくたびれてしまった。

そのレストランは一流中の一流で、勿論料理も最高なのだろうが、同席している人々が新しい料理がでてくるたびにそのうまさかげんにことごとく驚嘆する。しかしぼくはそれほどには感激しなかった。まあそういう高級な料理の味を理解する味覚能力も食味経歴もまったく貧困であるということが一番大きな理由なのだろうが、しかし、それにしても、料理というのはそんなにみんなでいちいち「おいしい」ということを確認しあいながら食べるものなのだろうか？　ということが気になって仕方がなかった。

テレビのグルメ番組などは、それを食べてみる人が（まあ仕事なのだからしょうがないのだろうけれど）きまって大袈裟においしいということを顔や言葉で必死に表現するので、見ていて恥ずかしくなることがある。そういうことを表現する語彙や伝達の術が豊富ならばここちよく騙されていいのだが、日本のタレントは勉強しないから「おいしい」とか「柔らかい」とか「あまい」とかの幼児レベルのことしか言えない。とくに男のタレントなどがそれを口にいれたとたん目のあたりで「おっ」というようなオドロキの表現をし、顔を静かに左右に振りつつ「いやあこれはこれは、なんというか、じつにおいしいです。ふっくらとして、さっぱりとして、いやあうまいですよ！」などといろんなことを口走っているのをみると「嘘だなあ！」と即座に直感してしまう。

ぼくは知っているのだが、男が本当においしいものを口にした時というのは殆ど喋らなくなるのだ。

いくつかの現場を体験している。

たとえばこんなことがあった。

三〇代の頃の話だが、男四人で南米のアンデス山脈の麓のルートを南下していた。自分で荷物を背負いどこまでも歩いていくという、今でいうバックパッカーのスタイルである。毎日テントで寝起きしていた。食料は時々行きつく村で手に入る羊の肉と瓜のたぐいばかりで、時折トマトとトウガラシの仲間。運がいいとパンが手に入った。

最初のうちはなんとかそれでやってきたが、料理は恐ろしく単調である。ぼくは羊の肉は好物なのでまだよかったのだが、メンバーの中にはいつまでたっても羊になじまず食事のたびにげんなりしているやつがいた。

毎食、とにかく羊なのである。

羊の肉と瓜とトマトを煮たもの。

羊を焼いて塩をつけたもの。

羊とパンをまぜてトウガラシで煮たスープのようなもの。

羊と瓜を炒めたもの。

などという毎日だった。食べないと翌日の旅がきついからなんとかだまって食べる。旅で食事が単調かつうまくないのは全体の士気に影響してくる。最初の頃みなぎっていた冒険的な旅への意気込みはすっかり消えていて、こんな旅を終わらせてもう一刻も早く日本に帰りたい、という気分になっているのがよくわかった。

夜、一つのテントで寝るのだが、酒も満足に手に入らないから、酔って気分をなごませてゆっくり眠りにつく、というのとはほど遠く、なんとか明日のまた長い旅のために強引に眠りにつくしかない。もうずっと一緒に行動しているので、話もすっかり出つくして新たに寝ながら話すような楽しい話題は何もなかった。

しかし、ある晩、ひとりの仲間が突然ヤケクソのようにして「ああ、オレ、いまギョーザ食いてえ！」と叫んだ。

闇のテントの中はそれまでいつものように寝入りばなの小さなうめき声や咳払いやいろいろ変化する息づかいなどに満ちていたが、まだみんな基本的には寝ついてはいなかった。

ひとりの男のその突発的な「ギョーザ」の声にみんな一気に目をさましてしまった。あとで聞いてみて分かったのだが、その時、みんないろんなかたちのギョーザを思い起こしたらしい。

ぼくは寝袋の中で静かにひっそり「餃子」という文字を頭に思い浮かべていた。その文字が大きく書いてある昔よく行った新橋烏森口の中華料理屋を懐かしく思い浮かべ、「ああ、餃子、食いたいなあ」と思った。「日本に帰ったらすぐに行こう」と。

別の一人はテントの向こうの夜の空に巨大なギョーザを思い浮かべたらしい。もう一人はギョーザのあの独特の匂いがいかにもリアルに鼻孔をくすぐった、と言う。

しかしその段階ではまだよかったのである。

「ギョーザ食いてえ」とヤケクソ気味に叫んだ男がそのあと言ったことがあまりにも刺激的であった。

「ギョーザはよう、六個並んでいたんだっけ。五個が標準なんだっけ?」

それまで勝手に大空いっぱいの巨大なギョーザとか暖簾の中に踊る「餃子」の二文字を思い浮かべていた連中が今の叫びともいえる質問で一気にリアルに実物大のギョーザを思い浮かべてしまったのだ。ほかほか湯気をあげ、蠱惑《こわく》にみちた濃密誘惑物体が楕円形の皿の上に六つほど並んでそれぞれの目の前に漂っていた。

そうなるともう駄目だった。にわかに全員が今すぐ餃子を食いたくて食いたくてたまらなくなってしまったのである。

「ギョーザ」

というヒトコトだけではまだ耐えられていたささやかな理性が、

「ギョーザ六個!」

というヒトコトによってあっという間に瓦解したのであった。

何を叫んだとて食べられるわけでもないのだが、そのあとみんな雪崩をうったように、口々に今すぐ食いたいものを叫びはじめた。「マグロの握りとコハダとひらめとあなごオ——」と一声鋭く天にも届けとばかり叫んだのを皮切りに「おれは鉄火丼だあ」「神田五十番のモヤシラーメン!」「銀座天《てん》國《くに》のかき揚げ丼」「カツドン大盛り! しかも豚汁つき!」「おれはおれは誰が誰が何といっても早稲田いちはしのザルソバ三枚、しかも連続わしわし食い!」「新橋なんどき屋の牛丼おしんこダブルつきい!」「おれはまっしろーいゴハンにアジの開きに白菜のおしんこにパリパリ海苔に、それにそれに、納豆もつけちゃう!」「わあ、それがいい。それにシラスとダイコンオロシをつけてくれえ!!」

もう誰も手がつけられない阿鼻叫喚の無法地帯と化していた。みんな食いたいものを口々に叫び、そしてやがてくたびれて、ひっそりと黙り込み、テントの中には悲しみの静寂が訪れた。

この虚しい騒動に参加しつつ、その後の静寂のなかで気がついたことがあった。

それはみんなして支離滅裂に叫んでいたと思われる食いたいもののそれぞれに、実は厳然と共通したものがある、ということであった。

簡単なことであった。

そのどれもが醬油もしくは味噌味が基調になっていたのである。間違っても「おれはシタビラメのムニエルが食いたい」とか「マカロニグラタンをすぐさま出せ!」などと叫ぶやつはいなかった。

我々はつくづく日本人なんだなあ、という思いをあらたにしたのと同時に、我々日本人はどこへ行ってもアミノ酸文化の味覚の拘束から逃れられない食生活の中に生存しているのだなあ、ということがよくわかった。

『ニッポン劣等食文化』（山路健著、農山漁村文化協会）は、これまで一般的に語られてきた日本の食文化論とだいぶ違う。日本食というのは世界の食文化のなかでもとりわけ味つけやその料理法が繊細で、食材にしても調理方法にしてもバラエティ豊かな優れた歴史とその背景の中にある——というような言われ方をしているけれど、実態は違うのではないか、という大きな疑問符をなげかけていて、とても刺激的なのである。

「日本料理は一、八〇〇種類もあるといわれ、欧米料理の二・五倍近くもあるというが、その中身は和洋中の折衷料理が多い。日本料理は、食材が多様化していて一見、種類が多いように思えるが、料理技術が多様化しているわけではない。料理の味付けは、すべてアミノ酸系の日本人好みの味に染め上げられているので、料理に個性がなく、味に幅がない。個性に欠けている日本料理が世界料理として通用しないゆえんである」（同書より）

これまでながきにわたって日本には様々な国の様々な料理が入り込んできた。新しがり屋の日本人は外国のそれらをさして抵抗なく次々に受け入れてきたのだが、それらの料理の多くは本場の味をそのまま受け入れていくのではなくその多くをたちまち和風化してしまう。そしてその和風化の味の基本は味噌、醬油のアミノ酸なのだー。とこの本は説いているのである。

どうしてそのようになっていくか、ということの一つの原因は「（この日本人が発明した）醬油の味があまりにもうまいので、日本人は万能の調味料として醬油を常用し、風味や味づくりに苦労することなく、すべて醬油でまに合わせるようになったからである」とも書いている。

このように断言されてしまうと料理の専門家の中には異論を持つ人も多いだろうが、しかしぼくはこの本を読んでそのいたるところに感心した。体験的にまさしくそのとおりだな、と思うことが沢山書いてあったからである。

さっきのギョーザ阿鼻叫喚の南米の旅には後日談がある。その頃の我々は海外の旅に出る時に少々〈いきがって〉いたところがあり、人間の住むところかならず食料とその調理文化があるのだから、日本からは何も持っていかないようにしよう。全て現地で調達していけばいいのだ、という方針でその地に立ったのだが、せめて醬油ぐらいは持ってくればよかった、ということに気づき無念の思いを噛みしめていた。今でこそ醬油は世界の主要国では確実に手に入るが、当時は絶望的だった。醬油さえあれば、羊のスープだって瓜とトマトの妙め物だって格段においしく食べられた筈なのである。

辺境地の旅はその風土に慣れてきてしまうと緊張感はなくなり、景色にも飽き、ただもう単調な毎日に辟易《へきえき》としてくる。楽しみは唯一食事だけ、というような精神状態になっていくのだが、その食事に楽しみがなくなるとチームワークは勿論のこと心身の健康にまで影響してくるようになるのだ。我々のそれはまさしくその危機をはらんで、相変わらず羊と瓜の人生だった。

ところが、ある日、バイクで南米大陸縦断をしている日系人と会い、その人が持っている僅かな醤油を貰うという思いがけない幸運に出会ったのである。喜悦に近い興奮が我々全員の間に走った。すぐさまコッヘル（簡易鍋）に湯を沸かし、そこにその醤油をたらした。大急ぎで醤油スープをつくったのである。いやスープなどというしろものではない。たんに湯に醤油を溶かしただけの「醤油お湯」というようなものである。まあ強いていえば毎日その鍋で羊を煮ており、羊のあぶらがこびりついて取れないような状態だったから「羊風味の醤油お湯」といったものであったろうか。

これを四人平等にシェラカップ（アウトドアでよく使う目盛りつきの万能カップ）に注ぎ、ほぼ同時に飲んだ。

うまかった！　つくづくうまかった。生きていて良かった、とさえ思った。

これまでの生涯で一番うまかったものを正直に申し述べよ、と言われたら、ぼくは躊躇《ちゅうちょ》なく、この時の一杯の「醤油お湯」をあげる。

その時の全員がそう言っていた。そのうまさは涙がでる程であり、異口同音に大きなため息がもれた。本当に感激したのである。そうして知った。男が本当においしいものに出会った時は言葉は何も出ない。ただもう、犬のように静かに「唸る」だけなのである。

以来、ぼくは辺境地に出かける旅にはかならず醤油を一リットル入りの水筒に入れて持っていくことにしている。タクラマカン砂漠にあるロプノール（スウェン・ヘディンの『さまよえる湖』）へいく「楼蘭探検隊」の時は醤油を誰も持ってきていないので、ぼくは醤油を保持している、というだけでかなりの特権を得た。といっても〈特別配給のビールをひとつ余計にもらえる〉という程度だったけれど。しかしこの時もお粥に醤油をいれて味つけすると俄然うまくなるので、みんなは口々に元気になったぞ、とぼくに言ってくれたのである。

この数年の間に読んだノンフィクションでもっとも面白く読み、そして感動したのは『エンデュアランス号漂流』（アルフレッド・ランシング著、新潮社）である。

この中に記述されている話の実に三分の一が食い物のことであった。ある時、「今いちばん食べたい〝夢の食べ物〟はなんだ？」という話をみんなでする。そこにあげられたのは次のようなものだった。

「デボンシャー・ダンプリングのクリーム添え。プディングのシロップがけ。マーマレード・プディングのデボンシャー・クリーム添え。ブラックベリーとアップルのタルトのクリーム添え。アップル・プディングのクリーム添え。ポリッジの砂糖・クリーム添え。アップル・ダンプリング」と、圧倒的に甘いものに集中している。

「少数派ながら、甘いもの以外の一皿をあげた者もいた。スクランブル・エッグとトースト。ベイクド・ポーク・ポークのビーンズ添え。ポークのアップルソースがけ、ポテト、カブ。そしてブラックボロは、シンプルなパンとバターを食べたがった」

そうして乗組員の一人は書いている。「砂糖入りのポリッジ、カシスとアップルプディングのクリーム添え、ミルク、卵、ジャム、蜂蜜、パン、バター、そういったものを、腹がはちきれるまで食べたい、そしてこのとき肉を勧めるやつがいたら、撃ち殺してやる」

甘いものが苦手なぼくはこのずらり並んだ品目がいったいどんなものかよくわからないのだが、それらを食べたくてもどうにもならないそのやるせない思いはおおいに理解できる。

いろいろな世界を旅してきてなんとなく感じているのは、その国の単純な料理の基本である。以下はぼくのささやかな体験とそれに関する本などを後で読んで勝手に類推しただけのものでしかないのだが、とくに〝簡単にやっつける〟時の調理の基本はこんな分類ができるのではないだろうか。

欧米――挟む
中国――炒める
韓国――まぜる
東アジア――蒸す
南米――焼く
日本――のせる

おわかりと思うが、これらの基本はファーストフードを一番の例にとっている。街角で腹が減った時にひょいと食べられるものである。日本の「のせる」は牛丼屋などの丼物がその代表的なものだが『江戸のファーストフード』(大久保洋子著、講談社)などを読むとむしろ歴史があるのは寿司であり、これもつまりは「のせる」のであった。

韓国では冷麺でもビビンバでもコムタンでもなんでも、とにかくまんべんなく混ぜるところから食生活が始まる。

『日本人は何を食べてきたか』（神崎宣武著、大月書店）には、日本食の基本は「煮る」ことだと書いていて、それも納得できる。縄文人の自然採集物はカシ、シイ、トチ、クリ、クルミなどの木の実からワラビやクズなどの茎や根、それに魚介類が加わる。古来から日本人の食事には鍋が必要であり、それがやがて魚でも野菜でもとにかくまず煮るところからはじまる日本料理の基本のスタイルになった。そしてその味つけは味噌か醤油になっていったのだ、と。

なるほど、またもや我が体験談で申し訳ないのだが、外国で、肉にしても野菜にしても煮た物を出されるといつも物足りなく感じていたのはやはりこの最後の味つけの問題なのであった。先に引用した『ニッポン劣等食文化』の一節に日本人はなんでもすぐに日本の味つけにしてしまう、という指摘があったが、なんと言われてもこの体にしみついてしまった民族的なアミノ酸の呪縛から逃れることはできず、もうそれでいいのだ、と思っているのである。

モンゴルにはジンギスカンという料理はない。あれは日本人だけが食べているモンゴルにないモンゴル料理という不思議な日本食なのだが、どうしてモンゴルにあのような食べ方のものがないのかというと話は簡単なのであった。

実際にモンゴルにのべ半年近くいてわかったのだが、モンゴル人は絶対に肉を焼かないのである。その理由を書いている余裕はないのだが、肉と内臓をとにかく煮てしまう。味は塩だけである。これに醤油をつけて食べた。いやはやうまいのなんの。モンゴル人もその醤油をつけて食べるのがすっかり気にいってしまって帰りには瓶ごと取られてしまった。このように世界のどの国に行っても醤油さえあれば今やぼくは無敵なのである。

一冊で二度面白い　中野不二男のコラム・エッセイ

中野不二男
『絵とき・脳ミソからビールまで57の着眼法』
（講談社）

いろんな本を読む。といっても好みのジャンルというものがはっきりしていて、フィクション、ノンフィクション問わずどうしても読まずにいられないのは、動物行動学や自然科学関係の本だ。その中でも、たとえば動物行動学でいえば、惜しくも亡くなられてしまったが日高敏隆さんの一連のご自身の生活周辺にからむようなあたたかいエッセイ本。それから近頃どういうわけかあまり目にしないので残念なのだが、日高さんの本と同じように面白楽しいのが、中野不二男さんの生活から科学までの幅広い、やはりこれも日常生活から派生するほんのちょっとした疑問にからむエッセイものだ。日高さん的なるものと中野さん的なるものは著者の興味を向ける対象がはっきり分かれているので、読むものにとっては感覚的に大変バランスが良い。

先日、久しぶりに北海道の山の上にある別荘に行って、そこに納めてある本棚をずらりと眺めていたら、絶対にほとんど読んでいるものだが、手に取るとどれも新鮮なそうしたジャンルの本がいっぱいあり、大発見、および「大得」をしたような気がした。

読んでみたらやっぱり新鮮で面白い。この本は調べてみたら一八年前の本で、実際にすでに読んでいるはずなのに、まったく最初から最後まで面白いのは、ぼくの脳の記憶力をはじめとした読書脳がその分だけ大幅退化しているのだ。でもそのとき思ったのは、自分に合った面白い本というのはそんなふうに普段の生活では目に触れないところに保存しておいて、何年かぶりに手にするという読書作戦があるように思った。グリコの宣伝文句じゃないけれど、一冊で二度おもしろい、というやつだ。

たくさんのコラムを集めた本なので、内容についてはここでは触れないが、近頃新刊で日高さんふうや中野さんふうの面白話がぎっしりつまっているエッセイ本を見かけなくなったのはさびしいことである。

冒険に満ちた鳥類学者の世界

川上和人
『鳥類学者だからって、鳥が好きだと思うなよ。』
（新潮社）

相当専門的な学業と、エリートといっていい研究所に所属する著者は、いわゆる鳥類学者の権威であろうと推察した。といっても、このタイトルと、よく描き込まれた挿画から想像するに、単なる鳥類の研究概説本ではないな、というのは、手に持ってパラパラやったときからビンビン伝わってくる。ぼくは目星をつけた本の最初の三ページぐらいをまずじっくり読む癖がある。思った通り、この本のあやしくも涙ぐましく、そして、研究本には不向きな言い方ながら「おかしい」表現や話の展開に取り込まれてしまった。それまで鳥類学者といったらいろんな鳥を超望遠鏡で観察したり、写真を撮ってそれを見せ合っていたりする人たちのことかと思ったらおろかな勘違いで、それは単なるバードウオッチャーの世界だった。

読んでいくと、鳥類学者というのは実に思いがけなく探検家、冒険家の世界なのだった。たとえば小笠原諸島の無人島に鳥類研究のためにチームを作って一〇日間ほどの野営合宿をする。といってもその島は周囲が断崖に囲まれていて、とりつく場所はほんのわずかしかない。小笠原の海にはぼくは何度も行って知っているが、ちょっと生半可な紺碧《こんぺき》の海とはわけが違って、少しでも荒れたら小さな船など転覆するぐらいの波が起きる。研究者たちは島のルート工作ができるフィールドワーカーなどと一緒にそこに向かうのだが、船を安定して寄り付ける場所が一切なく、著者らはそこを泳いでいき、断崖を登っていく。

　こういう話がぼくは大好きなのだが、この著者のおそらく天性に持っている遊び心が随所に働いて、それが文章の面白さにもろに関係しているのだが、そうした冒険、探検記も少しも誇張なく（と感じられる）、あっさり書き流してしまうところがまた気に入ってしまった。

　それともうひとつ、この本のオビに書かれている短文が楽しい。「売れてます！　笑えます！　続々大増刷！」「1位！」と高さ五センチぐらいの極太文字がある。その下に小さく「ただし、鳥部門（笑）」とあるのも、編集者が同じノリで面白がってつくっているのだろうなとわかり、とにかくまあ久々に読み終わるのがもったいない本に出会ってしまった。

わかりやすくダイナミックな宇宙科学本

更科功

『宇宙からいかにヒトは生まれたか』（新潮社）

宇宙もののSFが好きでこれまでずいぶんたくさん読んできたし、自分もSFを書くので宇宙を素材にしたフィクションではない、いわゆる科学概説書というようなものをかなり積極的に読んできた。サイエンスフィクションは小説であるから、多少わからなくても雰囲気を知るためにそこで起きている様々な超常現象を楽しんでいるだけで済む。ところが本格的な科学書となると、これはひとつひとつ着実に理解していかないといずれ行き詰まる。思えばそのようにしてこれまで一体何十冊の科学書、特に宇宙科学ものに挫折してきただろうか。

カール・セーガンなどは比較的わかりやすかったが、ホーキングあたりの宇宙ひも理論などになってくると、思考の組み立てが分断され、それはやがて挫折していく。いつかもっとわかりやすい宇宙科学論に没頭したいものだと思っていたが、そう思ううちにもどんどんこちらの脳が老朽化していくから、宇宙の真実からますます乖離《かいり》していくことになる。

そんな中で手にしたこの本は、非常に大きなスケールを持ち、しかしそこに書かれている事象はひとつひとつ手で粘土細工を積み上げていくようなわかりやすさに満ちて、しかもダイナミック。最高にすばらしいのは、文章がわかりやすくて読んでそのまま理解できることだった。これほど文章がうまく、比喩なども身近なところで納得させる題材を示している科学者の本を読むのは初めてだ。

太陽系宇宙の創生過程の説明に、洗面所の水受けに一杯になった水を排水口から流す様子をたとえに出す。ぼくのような頭でも一発で理解できる有様がそこに見えてくる。地球がどのようにできてきたかのダイナミズムときたら、そこらのSFよりもはるかに痛快かつ驚嘆に満ちている。原始の月は地球から二万キロのところにあって（現在は三八万キロ）、その両者が自転しながら目と鼻の先で対決している。その頃の地球はマグマに覆われていて、月が一番接近した時の大潮（にあたるもの）はマグマの海であるから、マグマが一〇〇〇メートルぐらい空中に飛び上がっていただろう、などという科学的な予測は、もうそれだけでこの本の魅力を一発のうちにあらわにしているだろう。

III　惑星の丸かじり

ガリバーの悩み、ゴジラの反省

H・F・セイント著『透明人間の告白』（新潮社）が翻訳されたのは一九八八年で、ぼくは『本の雑誌』でその年のベストワンに推した。

同じようにこれは一〇年に一度の傑作だ！　と絶賛した活字中毒者である目黒考二（文芸評論家・北上次郎）は、読後にぼくと電話で話し、「これは透明人間の暮しの手帖だったから面白かったのだ」と彼も面白いことをいった。

H・G・ウエルズの『透明人間』はSFの古典的名作である。

そしてこの小説は人間が透明になってしまうというとてつもなく強烈なワンアイデアの勝利で、この一作が出てしまった後は、もう誰も同じシチュエーションの透明人間の話は書けないものと思われていた。書いたとしてもエピゴーネン、モロにB級という評価しかされないだろうと考えられたからだ。ウエルズの小説は、人間が透明になってしまったことで起こりうる問題や事件が話の主で、透明になってしまった人間の日常生活におけるヨロコビやカナシミといったことにはあまり触れていなかった。ところがセイントのこの小説は、透明人間の透明であることの暮らしぶりを詳細に書いていて、そのあたりがたいへん面白い。

ウエルズ的思考でいうと、透明人間はまことに便利かつ有利な存在に思えるが、セイントの小説を読むと、透明人間というのは、たとえば街を歩くことからして大変に面倒臭い存在であることを知る。なにしろ相手に見えないのだから、常に細心の注意を払って歩かないと、すぐに人にぶつかってバレてしまうことになる。歩道の隅をコソコソと逃げるようにして歩く。エレベーターに乗るのも難しい。混んできたらアウト。降りるタイミングだって必死である。腹が減って何か食べるにしても人前では絶対に食事はできない。なぜならばパンや肉を口に入れて咀嚼《そしやく》し胃に収めても、食べられたパンや肉は別に透明ではないから、その一部始終がマル見えである。噛んで細かく破砕され胃に落ちついて蠕動《ぜんどう》運動でかき回されこねくり回されているところなども全部素通しで見えてしまうのだ。そのありさまは汚くて気味の悪いものとわかる。

だから食事はいつも隠れてコソコソと、大急ぎで食べる。しかも食べた食物が消化されて体の組織と一体化して透明化するまで人前には出られない。透明人間というのはじつに全く不便な生き物なのだ、ということがこの本を読むとよくわかってくる。

ヒトは特別な形態や能力を持ったもの、たとえばスーパーマンなどに憧れるものだけれど、その当人からすると、余人には思いもよらない苛立ちやカナシミがあるのだろう。

フランス人のプロレスラーにアンドレ・ザ・ジャイアント（本名アンドレ・レネ・ロシモフ）という巨人がいた。身長二メートル二三センチ。体重二三六キロというプロレス史上最大の巨体だった。このレスラーがまだモンスター・ロシモフというリングネームで、日本に来日したばかりの頃、ぼくはプロレス業界の取材がけっこうあって、この人の記者会見を眺めていたことがある。

記者会見といってもスポーツジムの半地下室のような殺風景なところでやっていたのだが、フラッシュをしきりに浴びる巨人は終始不機嫌で、苛立っていた。最初は怖さを演出するためのものだろうか、と思っていたのだが、そうではなくて、じつにココロから苛立っているらしいとわかってきた。

それは自分の体が、日本人の前でひときわ巨大であり、日本のプロレス記者たちがそれをまさしく見せ物小屋の怪物を見るような気分でどよめきながら眺めていたのと関係しているように思えた。

この巨人レスラーは一九九三年に四六歳の若さで死んでしまったが、業界でつたえられるところによると日本への来日は多かったが、日本人が特に嫌いだったという。おそらくこのレスラーが行くところ、怪物を見る好奇の目の日本人ばかりだったのだろう。

このレスラーはよく新宿の京王プラザホテルに泊まっていた。当時ぼくもそのホテルでカンヅメになって原稿を書いていたので、時おりレストランなどで出会うことがあった。ホテルのレストランだから、さすがにまわりで無遠慮に見物している日本人もおらず、一人でくつろいでいた。ビールが好きなようで、手のひらに入るくらいのビールの小壜《こびん》を指先でつまむようにしてぐいぐいとのんでいる姿が妙に悲しげに見えた——のはぼくも結局かれを怪物視していたのだろうか。

その晩ぼくは部屋に戻り、ガリバーのことを考えてしまった。子供の頃は、世界中のかなりの子供がガリバーに憧れた筈である。

あの巨大な体で海を歩き、川をまたぎ、山に腰かけ、敵の住む国をどすどす踏みつぶしてしまう、などということが自由自在というのはどんなに面白いことだろう、と、多くの子供らが（たぶん世界中の子供らが）考えたことであろう。

ジョナサン・スイフトのガリバーの物語もまた一作だけのお話で、このアイデアとこのシチュエーションでは二度と他の人が書けない世界であった。けれどH・F・セイントの発想でもって——つまりガリバーの暮しの手帖の路線で新しく書き起すことはできないだろうか、とあるときテーマに詰まった無能作家（ぼくのことです）は考えたのである。

でもってスイフトの原作をもう一度読み返してみると、けっこうかれの巨大な状態での異様な生活のあれこれが具体的に書かれている。なんといっても子供の頃読んだ少年少女用のガリバー物語で一番最初に「わあ」と思ったのは、その小さな人々がガリバーに食物をあたえるシーンであった。たとえば当時は日本人になじみのなかった樽ごとの酒などというのはどんなものであるか見当もつかず実に興味深かった。そもそもパイントという量の単位がわからず、そのことがさらに興味を増した。改めて読んでみると、樽の中身は半パイントのブドー酒であるという。一パイントはおよそ五七〇ccであるから、これはガリバーの側からみたらまったくモノ足りない分量ではないか。まとめてバスタブに五〇パイント入れて三〇杯くれーなどと言うかもしれない。

排便排尿についてもけっこうリアルに書かれているので感心した。かれは「そう長くもない鎖がのびきるぎりぎりの所まで行って、例の厄介至極な重荷を放出した。〔中略〕つまり、毎朝、人の往来が始まる前に、この鼻もちならぬしろものは、わざわざそのために特別に任命された二人の召使によって手押車で運ばれることになったというわけだ」（平井正穂訳『ガリヴァー旅行記』岩波文庫）。

かれの出す糞の量をスイフトは書いていないが、暮しの手帖路線でいくとなるとこういうところが手洟で気になる。

食生活が異なるから、人間の排泄物の量は国によって、時代によっていろいろだろう。一九世紀のフランスの建築家フランソワ・リジェは、当時としては珍しくトイレの問題に大きな関心を抱いていて、フランス人が二四時間に出す尿の量は一二四〇グラム、糞の量が二五〇グラム前後というデータを残している。

ガリバーが漂着した平均身長六インチ（約一五センチ）の小人国の住人にとってこの二五〇グラムがどのくらいのボリュームになるのか——を、我々の人間サイズ（身長一六七センチとして）から見た比例で換算してみると、三四五キログラムになる。ガリバーの排便習慣が一日に何回なのかはわからないが、まあノーマルに朝一回型として、とりあえずでんと三四五キログラムである。二人の召使はそのくらいでっかいかたまりを毎朝「コンチクショウ」と言いながら運び出していたのだろう。

今の日本の子供たちにとって巨大で強いものの代表は、ガリバーよりもウルトラマンやゴジラだろう。

ぼくが一九九六年に読んだ本の中で、一番面白かったのは『空想科学読本』（柳田理科雄著、宝島社）であった。この本は、ここ十数年テレビの夕方の番組で人気のロングランを続けてきた少年少女のヒーローたちをひとつひとつ科学的に存在検証していく、というもので、まあ科学的といってももともとよりでっかい冗談であるから何かと原則的四角四面思考の日本人には異端の一冊ではある。

のっけからウルトラマンの問題が出てくる。ウルトラマンは身長四〇メートル、体重三万五〇〇〇トンという設定である。この大きさと重さの具体的なイメージは長さ四〇メートル、重さ三万五〇〇〇トンの船が立ち上がっている状態を考えればいいだろう。これが東京湾で怪獣とタタカウのはかなり問題がある、とこの本の筆者は述べている。東京湾は泥の上にヘドロのたまった海である。体重三万五〇〇〇トンの二足歩行のかれはたちまちこのヘドロと泥の底深く全身もぐりこんでしまって、要するに湾の中ではハナからタタカイにならない――と。まあこのあたりはこの本の導入部で、以下まるまる一冊ぶん、我々の硬直化した頭の中を徹底してかき回してくれる。

東京湾からあらわれるゴジラはもっと問題が大きい。デビュー当時のゴジラは身長五〇メートル、体重二万トンであったが、最近のリバイバルゴジラはさらに巨大化して六万トンである。なんてことだ。タンカーぐらいの重さのものが歩いてくることになる。

ゴジラにたいする素朴な疑問は、なぜ火を吹くことができるのか、ということであった。このことについても柳田本はぼくと同じように疑問をもち、解明を試みているのがうれしい。

火吹き系の怪獣は沢山いるが、火を吹くために摂取する〈食料としての燃料〉によってその生態系は二系統ある。ウラン系が、ゴジラのほかにガボラ、バゴス、キングザウルスⅢ世などで、石油系がタッコング、ペスター、ガメラなどである。

ウランをたべるとすぐ火が吹けるか、というとそうは簡単にいかない。原子核分裂を体内でシステム化させるというのは大変なことで、まあそのことの検証はおいといて、筆者が石油系の怪獣には可能性がある、と説いているのが妙にリアルで笑える。

「これに比べて、実際に存在してもそれほど不思議でないと思われるのは、石油を飲む連中である。

石油は炭素、水素、酸素を主成分とした様々な化合物が混じり合ったもので、自然界の動物にとって養分となる物質に近いからである。自然界に原油を飲む動物がいないのは、これらの化合物を消化する酵素がないためにすぎない。

おまけに、石油は空気さえ遮断すれば燃焼が止まるので、取り扱いが簡単だ。火を吐く怪獣がいるとするなら、石油を燃料にするタイプが、最も可能性が高い。

しかし石油は、自然の状態では土砂と混ざり合って地下に埋まっている。実際にそれを飲むとなると、土砂ごと飲み込まなければならない。地質にもよるが、飲み込む土砂の量は、体積にして原油の四倍前後になる。

これらの土砂は、もちろん燃料にも栄養分にもならないので、大便として排出されるほかない。この大便は、原油廃棄物と土砂の混合物だから、すなわちアスファルトである。石油怪獣を道路工事現場に誘い込み、火を吐かせておいて、いきなり脅かして脱糞させ、その上をローラーでならせば、立派な舗装道路の完成である。夢の廃物利用ではあるまいか」

こうなるとゴジラの糞の量がどれほどか気になるところだが、残念なことにこの本には出ていない。現在ある地球の陸上生物の中で一番大きいのはアフリカゾウで、雄は平均四・七トンの体重があり、一日排便量は一二〇～一四〇キロであるという。

体重六万トンのゴジラの糞をこのアフリカゾウの排便比率で対応させると、なんと一日一五〇〇トンである。これだけの量の道路舗装資材を毎日出していけるのなら充分実用に値する。

ゴジラも永いこと東京タワーや鉄道やそこらのビルなどの破壊を続けてきたから、ここらでせめてもの補償補修反省行動を促したい。

ヘビ食い

ベトナムの旅から帰ってきたばかりなので、どうしても頭に濃厚に残る風景から書いていかざるを得ない。それは「ヘビ食い」である。

これまで数えきれないくらいの国々を旅してきたから、ヘビを食う風景は随所で見てきたし、実際に自分も何度か食べてもきた。アジアにおいては〝ヘビ食い〟は特別なことではなく、むしろそれを異常なものとして見てしまう日本人の感覚のほうが特殊なのだ、ということもかなり前から理解していたが、今回の旅はとりわけヘビとヒトとの密接濃厚な風景をあまりにも見すぎてしまったのでとくにそう思っているのかも知れない。

ぼくが最初にヘビを食べたのは中国の黄河中流域のある小さな村であった。今から三〇年以上も前の、漸《ようや》く中国に個人旅行が許された頃である。

通訳と一緒に入った店は人民元（券）と同時に各個人に配布される食券のようなものがないと入れない国家経営の店で（もっとも当時の食堂はみんなそうだったが）我々は外国からの旅行者ということで特別に入ることができた。その食堂は日替わりで一種類の料理しかなく、その日は麺であった。

通訳が黒板に書かれているその表示を見て「よかったですね。今日は旬のエビ麺です。きっとおいしいですよ」と嬉しそうに言った。

人民服を着た沢山の客は行列をつくって軍隊式にそれを配布してもらう。つまり最初に安っぱいホウロウびきの椀をもらい、次の人にスープをいれてもらい、その次の人に麺を、その次の人に〝旬のエビ〟らしき具をのせてもらう。

初めて食べる本場中国の麺であるから大いに期待したのだが、実際のところあまりうまくはなかった。スープはぬるく、麺は妙に粉っぽく、肝心の〝旬のエビ〟に期待したほどのしゃきしゃきした食感がちっともない。

無念に思いつつ通訳に「旬のエビといいますが、何という名のエビですか?」と聞いた。すると通訳氏、しばらく黒板を眺めていたが、やがて「わたし言い方を間違えました。これはエビではなくヘビです」などと言った。なるほど彼らからしたら日本語の発音としては「エビ」も「ヘビ」もたいして変わらない言葉なのだろう。エビのつもりで食べたヘビは鶏肉の味に近かった。どうせなら最初からヘビと知って食べたらよかったのにと思った。

それからいろんな国でヘビがらみの料理と出会うことになる。とくに中国を旅すると普通の食堂に行ってもメニューのどこかに必ずヘビ料理があった。

中国の都市部では当時総合市場食堂のようなものが流行っていて、巨大な建物の一階は膨大な数と種類の食材が満載されている。豊富な野菜や果物。魚類をはじめとして動物や虫や両生類や爬虫類はみんな生きている。日本ではもうめったに見ることがなくなってしまったタガメがぐじゃぐじゃからみあっているし、サソリなども尾をたてて元気よく動き回っている。勿論ヘビも大きな網箱に入れられた生きたやつが何種類もいて、それをさばく調理人らしき白衣を着た男たちが腕や指に血の滲《にじ》んだ包帯をしているのがえらくリアルな風景だった。

いろんな種類のヘビがいたが毒蛇が断然高く、とくにいかにも悪そうな、巨大できっぱりした三角頭をした百歩蛇（嚙まれると百歩歩くうちに死んでしまうと言われている）は二メートル以上もあり、並の無毒蛇の数十倍の料金だった。

余談だが、それから十数年して台湾のある料理店に行ったら同じ毒蛇が十歩蛇と書かれていた。大陸のは嚙まれても百歩歩けるが、台湾のは十歩で死ぬ、ということらしい。まあ大陸と台湾は何かと微妙な対立関係にあるからこういうところでもこんな形で現れるのかと感心していたら、つい先日上海に行った知人が三歩蛇という蛇料理を食べたと話していた。あの百歩蛇が台湾の十歩蛇との対抗上さらに縮まって三歩蛇になったのか、と嬉しく聞いていたが実際のところ同じ蛇なのかどうかはわからない。けれどまあなんだかこの話は妙に可笑しかった。こうなると台湾はじきに「一歩蛇」で勝負してくる可能性がある。

ところでさっきの大型食堂の話の続きだが、食材を買う時にそばに係員がついていてその料理法をその場で全てきめていく。食堂は二階にあり、そこでビールなど飲みながら指定した料理を待っていればいいわけだ。

同行した大学教授が特にこういう料理に詳しく、注文した沢山の変わった中国料理の中に幾種類かのヘビ料理をまぜてくれた。けれど中国料理というのは油炒めや他の食材と一緒にスープにしてしまうことが多いのでとりわけ「どれがヘビ」と気にして食べるということはなかった。そしてどれもみんなおいしかった。

中国の食に関する本は山ほどあるが、比較的新しくて分かりやすく分類も明確なのは、『中国食探検』（周達生著、平凡社）である。この中にとりわけヘビをよく食べる広州の「三蛇《サンスオ》」と「五蛇《ウースオ》」の話が出てくる。三蛇は灰鼠蛇《ヒメナンダ》、眼鏡蛇《アジアコブラ》、金環蛇《マルオアマガサ》で「五蛇」はこれに三索錦蛇《ホーシャナメラ》、銀環蛇《タイワンアマガサ》が加わる。中国人はヘビを食べるときはこういういくつかの種類のヘビをまぜた料理がとくに食療上ヨロシイ、としているようだ。食べ方はスープにすることが多く「蛇羹《スオケン》」というのが有名で、これは何種類かのヘビを使ってスープをつくり、白い菊の花びら、コエンドロ、レモンの葉の細切り、ワンタンの皮を揚げたものなどを上に散らして食べるのが正式なものだ、と書いてある。

ところでさきほど書いた大学教授というのは醸造学の権威である東京農大の小泉武夫名誉教授（現在）なのであるが、氏の沢山の著書の中にはヘビについていろんな食体験が記述されている。『中国怪食紀行』（日本経済新聞社）などはその最たるもので、沢山の写真がついていて迫力満点である。その中で、中国の市場の乾物屋にいくとヘビを乾燥させたものがあちこちにぶら下がっているという記述がある。これらは水に入れて戻して使うのだ。また冬になるとヘビは冬眠してしまい供給不足になるので、皮を剝いで丸めて冷凍ストックしているそうでその写真が出ている。

乾燥ヘビは日本でも沖縄にいくと、エラブ（海ヘビ）がそのへんの市場でトグロ巻きにしたりステッキ状にしたりしてごく普通に売られている。不思議なもので海ヘビというのは通常の陸へビに対して抱く形状的な嫌悪感があまりない。そしてこのエラブのスープも深いコクがあっておいしく栄養満点らしい。風邪などひいた時に飲むとたちまち治ってしまうということをぼくも実際に体験した。

小泉先生の名奇書（！）『奇食珍食』（中公文庫）の中にもヘビ食い話はいっぱい出てくるが、中国料理のメニューの中に「龍」の字がつけばヘビが入っていることを示し、「虎」の字があればネコが入っていることを示すという。だから「龍虎大菜《ロンフウタアツアイ》」とあればヘビ肉とネコ肉と野菜を炒めたものだ。という記述に大いに驚愕し、以降中国旅行に出るたびに食堂のメニューを見るとその文字を捜してしまう。

ところで冒頭に書いたベトナムのヘビ食いの話だが、ここも中国と同じようにごく普通にヘビを食べている。とくに南部のホーチミン市あたりにいくと鶏肉、豚肉、牛肉、羊肉、蛇肉という具合にヘビも他の肉と対等の位置にいるようだ。市場などにいくと横幅二メートル奥行き五〇センチぐらいの網の中に種類別に仕切っていろんな種類の、それこそ〝旬のヘビ〟が売られている。

大抵一番人気はコブラで、これがまた実にイキがよくしゅるしゅる動き回っていて、こういうのを見るとヘビ好きにはたまらないのだろうな、と感動するのである。

しかしぼくが一番驚いたのは、あるヘビ屋がドンゴロス（麻袋）を持ってきてそれをあけると、ミドリヘビがわらわらとそのあいた穴から細長い首をだしてきて、ヘビ屋はまるで動き回る〝イキのいい韮《にら》〟の束でも掴むように造作もなくそれらを両手で引っ張りだして金網箱の中に入れている風景を見た時であった。

南方のミドリヘビというのは猛毒である。もの凄く細く（胴回り一、二センチ程度）長く（ざっと平均一メートルはある）動きが素早くまるで油断のならないやつで、通常は木の緑に同化している。そうしてその木の下を通るやつにとびついて嚙みつくという実に嫌なやつなのだ。そのヘビ屋はドンゴロスに無造作に両手をいれてはげしくワラワラ動き回るそれをぐるりと束ねては網箱の中に、という作業を繰り返しているのである。ざっと三〇〇匹はいたであろうか。

「いかにプロとはいえどうして嚙まれないのですか？」とぼくはベトナムの案内人に聞いたのだが「口を紐で縛ってあるのでしょう」と言う。そうなのか、とは思ったがあれだけの数のヘビが激しく動き回っているのである。何匹かは紐がはずれているのがいるのではないかと思ったのだが動きが早く確かめようがなかった。

コブラの皮を剝いで食べやすく内臓などといっしょに大きな丸い盆に入れて売っているおっさんは、その赤剝けのヘビ肉のとぐろの前でおいしそうに昼飯などを食っている。

ベトナムは長かったフランス統治の関係で、あちこちで焼き立てのフランスパンを売っている。それはすこぶるうまいものであるが、フランスだとこれにバターやチーズ、ハムなどを挟んでおしゃれに食べるわけだろうが、ベトナムのそれには、日本風にたとえていえば、味噌やラッキョーやオシンコや納豆などを挟んで食っているような人が結構多く、状況によってはここにヘビ肉を挟んだりしているようだ。そうしてこっちのほうがはるかにうまかったりするのである。

毒ヘビ屋のとなりにこの焼き立てフランスパンを並べている風景などがごくごく普通にある。

ベトナムのヘビは一度だけ食べた。名前はよくわからなかったのだが、長さ約八〇センチ、胴回り六センチぐらいのずんぐりの太ヘビだった。重さ一・四キロ。無毒だがすぐに噛みつく気性の荒いやつらしく、まだ経験の浅い調理人があきらかにビビっている。そのヘビはビニール袋の中に入れられているのだが、大鍋に湯をぐらぐら煮立て、なんとビニール袋に入ったまま熱湯の中に入れてしまった。哀れそのヘビはビニール袋の中でもがき回るが、今思えばそれが実に気持ちが悪かった。袋ごと茹でてしまうなんてアンフェアだぞ、という気がしたのだ。さすがの大ヘビも熱湯で茹でられてすぐに動かなくなってしまった。

それから袋を裂いてよく水洗いし、内臓を出す。緑とか赤とか黄色の内臓がだらだら出てくるところがまたいかにもおぞましく、ヘビ料理はさばいているところは見ないほうがいいものだな、と思った。

そのヘビは皮ごとぶつ切りにされて他の野菜類と一緒に炒め物として出てきたが、肉は淡白な味ながらえらく固く、皮を剝がして肉を齧るまでが大変だった。そのことを知っているのか、店主は今日は結婚式があってコブラが品切れになってしまい残念、としきりに言っていた。ということは結婚式の料理にもコブラがどんどん出ていたのであろう。

その店は通常はコブラなどを注文するとわざわざ客席まで生きているのを持ってきて腹を裂き、心臓をひっぱりだして酒の入ったコップの中に入れる。心臓は酒のなかにゆっくり沈みながらもまだ活発に動いている。その動いている心臓ごとコブラ漬けした古酒をイッキ飲みするのがいわゆるツウなのだという。

ヘビの生き血を赤ワインに入れて飲ませるところも多いし、胆嚢《たんのう》も丸飲みをすすめられるという。ぼくは外国の地ではわりあいなんでも食べてしまうほうだがナマモノは一切やめている。とくに爬虫類や淡水系のものは寄生虫がこわいからだ。

ヘビ関係でぼくが一番驚きにみちて読んだ本は『ラオスからの生還』（ディーター・デングラー著、りくたー香子訳、大日本絵画）である。

ベトナム戦争のさなかアメリカのパイロットがラオスに不時着し、捕虜収容所に捕われる。そこでは人間が生きられるギリギリの食物しか与えられず、しまいには豚の糞をあさって消化していない木の実やトウモロコシまで食べるという悲惨な状態になっていき、あるチャンスをものにしてこのパイロットは脱出に成功する。脱出してもジャングルの中で何をどう食って生きていく力をつけるかということにきゅうきゅうとする。いろいろなものを捕まえて食べているが、当然重要なタンパク源としてヘビも食う。食い方はこんな具合だ。

「窪みの中に、色鮮やかな蛇がとぐろを巻いている。毒蛇かどうか確かめもせず、リュックで叩きつけた。腕に絡みつこうとする蛇を、頭と尾を持って引っ張り、真ん中から噛み切った。塩からい味がした。右と左に分かれてもクネクネと動き続ける蛇の切り口から、茶色の内臓がだらりと垂れ下がってきた。まずそれから口に入れ、一気に半身を食べる……」

「ベトコン」の収容所にいれられた捕虜が脱走に成功したのは、このデングラーが初めてだったそうだ。七〇キロだった体重が救出されたとき四〇キロに落ちており、数々の寄生虫、皮膚病、二種類のマラリアに感染していた。

戦争は否応なしに極限の食卓を生み出す。

『私は魔境に生きた』（島田覚夫著、光人社ＮＦ文庫）は太平洋戦争のニューギニア戦線で山奥にたてこもった一七人の日本兵士らのジャングルにおける極限のサバイバルの日々を克明に綴《つづ》った感動の記録である。熱帯のジャングルの周囲は敵軍に囲まれている。その中でどのように生き抜いていくのか、というのがこの兵士らのもうひとつの戦いであった。生きていく戦いとは、いかに何かを食っていくか、ということである。キノコ、ビンロウ樹の芯、ネズミ、トカゲ、コオロギ、ムカデ、火食い鳥、タピオカ、サゴヤシ、鳥の卵、そして勿論ヘビ。小さいのから大蛇まで仕留め「山うなぎ」と称して食べている。ヘビは御馳走だったのだ。

彼らが一番困ったのは山の中には塩がないことであった。この苛烈なジャングルの中の原始生活は戦争が終わってもそのことを知らず、かなりながいこと続けられていた。

菌類みな兄弟

「酩酊症《めいていしょう》」という病気があって、これは酒をのんでいないのに酔っぱらったような症状になるらしい。

酒好きなら、思わず身をのりだすような話だ。

日本人独得の病気らしい。めったにはないらしく、これまで三九例があるという。まあ奇病だろう。原因ははっきりしていて、胃や腸に狭窄《きょうさく》があると、そこに食べものがたまり、ある種の菌が作用してそのたまった食物を発酵させ、その場でアルコールにしてしまう。

この症状は食後三〇分から二時間ほどのあいだに出てきて、酒をのんだときと同じように顔が赤くなり、酒臭い息まで吐きだすそうだ。いいなあ、とも思うが、でも酒というのはその匂いや味、喉ごしの感覚、呑むときの会話や雰囲気といったものを楽しむものでもあるから、こうしょっ中、めしを食うたびに自動的に酔っているというのも困るような気がする。事実、この病気の人は、酒が嫌いな人が多いらしい。おそらくこういう人は体質的にこの体内アルコール化の影響をずいぶん以前から何らかのかたちで受けていたのだろうから、体質的に知らぬうちに酒嫌いになっていたのでもあろう。

この話は『人に棲みつくカビの話』(宮治誠著、草思社)というどうもまことにコワイ題名の本に出ていた。

酩酊症をひきおこすある種の菌とはカビのことで正確にはカンジダ・アルビカンスというらしい。カンジダ膣炎という婦人病があるが、犯人はあれと同じという。

胃や腸の狭窄というのは、ねじれたり窪《くぼ》んだりして部分的に狭くなっているところ、というが、そのことで思いだしたのは佐渡金山のかくし酒のことであった。

重労働の佐渡金山だが、囚人たちは鉱山の穴の中で秘かに酒をつくっていたという。作りかたは、めしを噛んで唾液とまぜ、穴の中の岩の窪みにそれを吐きだして、発酵させた。サル酒と同じである。

この岩の中の窪みを、人間の胃腸の狭窄から連想してしまったのだ。

人間の唾液はデンプンを分解する酵素プチアリンを含んでいるので、穀類や芋類などを噛んで唾液によくまぜ、発酵させ、やがては酒に変えてしまうことができる。こういう酒を〈口嚙み酒〉という。

『酒づくりの民族誌』(山本紀夫・吉田集而編著、八坂書房)にアマゾンのクラライ川、ホサナサ川流域に居住するカネロス・キチュアの口嚙み酒のつくり方が紹介されている。

原料はキャッサバというトウダイグサ科の低木で、その芋を使う。これは円錐形の長さ五〇センチから一メートルの巨大なもので、まず水洗いして皮をはいでよく茹でる。茹であがったらタライに入れて杵で潰す。その潰す作業の折にキャッサバをつまんで口に入れ、よく嚙む。

単に噛むのではなく「噛みためる」とこの本には書いてある。

「唇を閉じ、いくぶん頬をふくらませた状態で二十〜三十分ほど口をもぐもぐと動かし、その後、潰したキャッサバの上に吐き出す。吐き出されるのは白濁した大量の液体で、ドロドロになった半固形物というわけではない。どうやったら唾液をこれだけ口の中にためられるのか、あきれてしまうほどの量が吐きだされる」（同書）

この作業は、タライいっぱいのキャッサバの発酵が充分可能な量（発酵のスターター）に達するまで続けられる。

この口に含んで吐きだす仕事は必ず女性であるという。

なんとなく「よかった」と思う。シソーノーローのじいさんがぐちゃぐちゃやったのじゃあちょっとつらいなあ、と、まあ別にそれをのめ、と言われている訳じゃないけれど、ついそんなことを心配してしまった。

ところでさきの「酩酊症」だが、どうして人に棲みつくカンジダというカビが体内デンプンを発酵させることができるのかよくわからなかった。

そこで『カビの不思議』（椿啓介著、筑摩書房）を見ると、第一章に「カビとキノコと酵母」というタイトルがあって、これを読むとおおよそのところが見えてきた。

要するにこのカビとキノコと酵母というのは兄弟のようなものらしい。

この三兄弟は「菌類」でくくられる。

菌類三兄弟である。

では菌類とは何か。これはわかっているようでよく考えたら実はちっともわかっていないのだった。以前仲間と酒をのみながら「バイ菌と細菌はどうちがうのだ?」という話をしたことがある。友人の一人が「バイ菌というものは地面をじわじわ這ってくるもので、細菌は空をとんでくるものだ」と言っていた。おそらくウソだろうが、そう言われてみると、なんとなくそうかもしれないと思わせるモノがあった。

この本にも「細菌類とかんちがいする人もいるので、カビ、キノコ、酵母菌だけを真菌類とよぶことが多い」と書いてあり、細菌は空をとんでくるとは書いてないものの、なんとなく、別の連中なのだな、ということがわかってうれしかった。

ではバイ菌とはいったいなんなのだ、となるとこれもよくはわからない。きちんと学校の理科を勉強している人にはまったく信じがたいほど幼稚な疑問なのだろうが、本当にわからないことなのでどうかお許しねがいたい。

「一九世紀にはいるまでは、生物を動物と植物の二つに分けてとくに問題とはならなかった。小さなカビの知識も少なかったし、キノコは植物みたいなもの、と一括して下等植物、あるいは隠花《いんか》植物という枠をつくってその中におしこめていた。ところが生物学の発展にともない、（中略）下等植物といっていた生物の知識もふえてきて、それまでの分け方がどうも具合悪くなってきた。いろいろと矛盾が出てきて、菌類を植物の中にとじこめておくわけにはいかなくなってきた」（『カビの不思議』）

もっと本格的にこの周辺の話を知りたい人はその本のそこからあとを読んでいただくとして、ここでひとつあきらかになったのは、一九世紀に入るまで菌類の存在は認められていなかったのだから菌類学というのは比較的新しいものらしい、ということである。

と、なると菌類三兄弟のうちの酵母のことも一九世紀あたりまではよくわかっていなかった筈だ。それでも酒はそれ以前から世界中に存在していたのだから昔の酒づくりというのはその作製のメカニズムがよくわからないままになんとなくつくってなんとなくのんで酔っていた――ということになるのだろうか。

日本酒を発酵させるのは麹《こうじ》だが、麹の発見について『酒肴奇譚』（小泉武夫著、中央公論社）に面白い話がでている。

ちょっと長いので抜粋していくとこうなる。

「奈良時代の『播磨国風土記』に「ある神社の大神の御粮《おもの》が沾《ぬ》れて黴《カビ》が生じたので、それで酒を醸した」という記述がある。「粮」は「主食なる食べ物」又は「租税として徴収する穀物」とあるから米のことで、神に奉ずるものだから蒸した米すなわち飯《いい》。「沾れる」は「濡れる」であるから「ある神社の神棚に御供えした飯が濡れて、そこにカビが生えたのでそれで酒を醸した」ということになる」

パチパチパチ！　ぼくは昔から小泉武夫先生（東京農大名誉教授）のファンであり、先生の著書は全部読んでいるが、著書の随所にこういう知的面白的事象追跡記述があってうれしいのだ。話はさらにつづく。

「当時の文献にはこのように飯米にカビが生えたものを、「加無太知《かむたち》」または「加牟多知《かむたち》」と記してあるが、この名は「カビ立ち」に由来したものである。すなわち飯にカビが立ったのでそれを「カビタチ」と呼び、それが時代の流れの中で「カムタチ」となり、さらに「カムチ」となり「カウチ」に変化し「カウヂ」を経て「コウジ」になった訳である。また麹の発明までは、口で嚙む方法で酒を造っていたので、それまでの「嚙む」という語源をそこに残したのであって、単なる偶然ではないだろう」

またもやパチパチパチ！　なのである。これで〝事件〟の全容はほぼ解決したような気がする。

しかし「まてよ」であった。まだぼくは「酵母」とはいったいなんであるのか、ということがよくわかっていない。で、また大いそぎで調べてみると、酵母というのは「糖分を含んだ液体で糖を分解してアルコール発酵を行なう」と書いてある。

では「発酵」とは何か。

『科学の事典』(岩波書店)にわかりやすい記述があった。

「魚やイモが腐るのも、ブドウ汁からブドウ酒ができるのも、微生物の働きによる。微生物の働きで悪いにおいをもったり害になったりするようなものができるとき、すなわち私たちに都合の悪いものができるとき、その現象を「腐敗」という。ブドウ酒のように都合のよいものができるときには、「発酵」という」

ふ、お、なるほど、と思うのである。

しかし、この程度の超ウワッツラ知識の人には、どこがどうすると「腐敗」の方向にいき、何がどうすると「発酵」の方向にいくのかさっぱりわからない。で、さらにいきあたりばったりにいろんな関連本を読んでいると、パスツールがフランスのリールの町で研究していたとき、テンサイを酒にしようとしていて偶然、乳酸菌を発見した——という話がでてきた。そうだ菌類兄弟には乳酸菌というのもいたのだ。

乳酸菌に日常的に触れていたのがモンゴルの旅であった。丁度そういう時期であったのだが、遊牧民を訪ねるとどこでもすぐに馬乳酒をふるまってくれた。かれらはゲル（中国ではパオ）の入り口のところに羊の革袋をつりさげ、そこにしぼりたての馬の乳と乳酸菌をいれておく。家人はゲルの出入りのたびにそこに突っ込まれているひしゃくを持って何十回も攪拌《かくはん》するのだ。そこにやってくる客も攪拌する。そうしてやがてみんなが喜ぶ馬乳酒ができあがる、という訳である。

その味はカルピスをたいへん酸っぱくしたのによく似ている。それもその筈で話に聞くところ、カルピス商品化のヒントはこの遊牧民の馬乳酒にあったらしい。アルコールは一パーセント前後。その家ごとでできあがりのうまさや質の差があり、どこも「自分のところの馬乳酒」を自慢したがるから日本の手前味噌と似ているところがある。この酒は子供でも飲む。栄養があるから体にいいのだ。

菌にもいいやつと悪いやつがいる、と聞いてちょっとピンとこなかったが、この乳酸菌はみるからにいい奴で、三菌類のなかではやや別格、というふうに見た。

科学はキライだけど好きだ

期待したい次の世紀の最大のニュースは、やっぱりどう考えても未知との遭遇であろう。つまりまあ宇宙からの訪問者とのファーストコンタクトでありますね。

二一世紀はどうやら火星への有人宇宙船の飛行がおこなわれるらしいが、願わくばこの火星あたりで、ヨソの星からやってきた宇宙人とバッタリ遭遇などということになってほしい。

そういうのは、たとえていえば、ずっと大昔、まだ日本が外国の人々とほとんど触れ合っていなかった頃、九州のはじっこのほうの島とか、北海道のどこかのとんがった岬のあたりで、外国人と接近遭遇するのと似たような構造になるのではあるまいか。

『幕末の小笠原』（田中弘之著、中公新書）を読むと、四国のみかん船が漂着したり、イギリスの軍艦がやってきたり、スペインの探検調査船がきたり、アメリカの捕鯨船がきたり、とけっこう賑《にぎ》やかにいろんな国の人々が当時の小笠原諸島に上陸している。

しかしかれらは、小笠原諸島の沢山の島々のどこかに、永い年月のそれぞれいろんな時期に、いたって気まぐれに、つまりはまあ唐突にやってきているだけであるから、上陸して永く住まないかぎり、それらがハチあわせすることはなかった。

だから、それこそ人類登場五〇〇万年の歴史のなかで、まったくのひょいとしたつかのま（五〇〇万年からみたら一瞬の閃光とすら認識されないくらいの）瞬間的時間、火星に降り立ったとしたって、それがなんぼのものか！　というのが宇宙常識というものなんだろう。

しかしまあ人情として折角あんな遠い火星までいくんだから、かえりがけにちょいとしたお土産でも持たせてくれまいか……、という気分はあるではないか。

どっちにしたって地球でじっとしているよりは宇宙まで出ていったほうが、ヨソの世界のナニカと出会う可能性は高い筈なのだから……。

宇宙というと、ここしばらくはＮＡＳＡのスペースシャトルの話題がもっぱらであったが、よく数字をながめてみると、宇宙宇宙というけれど、あのスペースシャトルが周回しているあたりはそんなたいした宇宙ではないように思うのだ。

スペースシャトルの周回軌道は平均三〇〇キロ（これまで六二〇キロから一六〇キロまでの高低の範囲があった）であるから、これはよく考えてみるとそんなに驚くほどの高度ではない。

たとえば我々がごく普通に乗っているジャンボ機などでも、すぐに機長が「ただいまの高度は一万メートルです」などと得意げにいうではないか。あの高度と較べてみると、あのあたりからちょいと上の、たかだか三〇倍程度のところを飛んでいるのである。どうってこと（あるか）……。

いや、いちばんはじめに人工衛星からの写真を見たとき、正直なはなし、ぼくは驚いたのである。

それはなんて地球の地表にちかいところを飛んでいるのだい？　という驚きであった。これはまあ言うまでもなく一〇〇パーセントぼくの科学的無知からきているイチャモンでしかないのだが、でも人情としてそういうの、あるじゃあないか。

とりあえず、あれだけの大装置で空高く飛んでいくのである。もうちょっとわしらのいるところの、ずっとずっと上のほうを飛んでいるのかと思っていた。

人工衛星からの写真を見ると、飛行機の上から見た風景とそんなにとてつもなく違ってはいないような気がした。だいいち地球の丸い姿が見えない。地球の部分しか見えないじゃあないか。

このことは当の宇宙飛行士も言っていて、『宇宙飛行士が答えた５００の質問』（Ｒ・マイク・ミュレイン著、金子浩訳、三田出版会）に次のようなたとえがでている。

「スペースシャトルはそんなに高いところを飛んでいるわけではない。こんなふうに考えてみればそれを実感することができる。たとえば、直径三〇センチのボールが地球として、スペースシャトルの高度三二〇キロの軌道をその比率で縮小すると、その球体からたった七ミリしか離れていない。さらに大きめの（直径九センチくらいの）オレンジを地球だとすると、その軌道は高さ二ミリにしかならない。つまりオレンジの皮の厚さだ」

という訳で、いまスペースシャトルが飛んでいる宇宙というのは、たとえば火星を小笠原諸島とすると、せいぜい江の島ぐらいの位置だろうか。うーむ、しかしそんなことを軽はずみに言ってしまっていいのだろうか。江の島が気を悪くしないだろうか。少々心配になって計算すると、おおやっぱり江の島なんてとんでもないのであった。

地球―火星の距離を東京―小笠原父島におきかえて、そこにスペースシャトルの周回する高度をあてはめてみるとなんてこった、その位置は東京都心から四・一メートルであった。海にまで到達しないのである。

縮小対比して、ものの大きさとか位置の関係などを考える、というのはぼくのような天性および生粋の数字オンチには、時として目からウロコがばらばらおちていくくらいにわかりやすいものになったりして、たいへんに面白い。

たとえば太陽に東京へちょっとおいでいただく。太陽を東京ドーム（直径約二〇〇メートル）として各惑星のスケールと位置関係をみると、地球は川崎の少し先のあたりにうかんでいる。大きさは二メートルだからまあ運動会の大玉転がしリレーのそうとうでっかいやつがぐるぐるまわっている、というようなところだろうか。木星は熱海のへんを二一メートルの大きさでぐるぐるまわっているからこいつはどうも不気味に目立っている。

その木星よりひと回りちいさい土星が静岡の焼津あたりにいる。こいつは大きな輪をつけているぶん木星より派手である。太陽系の一番外側の冥王星は東海道線を越えて山陽本線にはいり、福山の手前あたりを二〇センチの球体で地味に浮かんでいる。

ところで懸案のファーストコンタクトであるけれど、太陽系に知的生命、つまりまあ地球人に挨拶できるくらいの隣人はどうも居そうにないようだから、遭遇すべき「未知」の宇宙人はこの太陽とは別の恒星系からやってくると考えるべきらしい。

ではこの隣人たちがとりあえず居そうな隣の恒星は、今やった東京の真ん中に二〇〇メートルの微小スケールで太陽をおいたとき、どのあたりにいるのだろうか?

我々の太陽系にもっとも近い恒星はいまのところケンタウルス座のアルファ星といわれている。光度0等（なかなか明るい）であるからわが太陽と同等で大きさも太陽に近い。その惑星のどれかにいかにもだれか居そうではないか。

地球からそこまでの距離は四・三光年である。さっき東京にきてもらった東京ドームサイズの太陽でこの距離を等縮すると、このお隣の恒星は東京から約六〇〇万キロのところにある。ありゃりゃりゃりゃ、簡単に日本を飛び出てしまった。そりゃあそうだろうなあ。よく数字をみてみると、地球の赤道直径が一万二七五六キロであるから、この六〇〇万キロというのはどっちにしたって地球から飛び出していってしまう。

さっきの、地球でいうもっとも馴染みの深い「宇宙」であるスペースシャトルの軌道をはるかに越えてしまう。あろうことか、もっともっとずっと先のホントの衛星「月」が、地球から約三八万四〇〇〇キロのところにあるから、その約一五倍のところまでいってしまっているのである。

しかしこうなると現実の宇宙の尺度とまじってしまってややっこしくなり、ちょっと困る。くりかえすがこれはあくまでも東京に東京ドームサイズの太陽があり、川崎のあたりに直径二メートルぐらいの地球がまわっているという超ミニチュア宇宙におけるアルファ・ケンタウルスの位置なのである。

前にも書いたがぼくは眠れない夜などよく『絵で見る比較の世界』（ダイアグラム・グループ編著、草思社）をひっぱりだして眺めているのだが、それこそ、それを見ると呆然としてかえって眠れなくなってしまう頁があり、要注意なのだ。それは「太陽と星」という項目で、ここでは現在知られている恒星を比較している。この宇宙には、大きさが月の半分ぐらいしかない（！）ものから、地球の一万倍ぐらいの大きさの恒星がなんと一〇億もある、と書いてあるのだ。

そうして、いまわかっている恒星のなかで一番大きいＩＲＳ５は、太陽の一万六〇〇倍あって直径は一四八億キロもある。

地球から冥王星までの距離は五七億六五五〇万キロであるから、おお、なんてこった、そこには太陽系がそっくりならんでもまだこの恒星ＩＲＳ５ひとつの中から抜け出せない、ということなのである。ということは、わしらの太陽を東京ドームの大きさにした場合、そいつはなんと本州と九州がすっぽり入るほどのスケールになる。そんな太陽に照らされている世界というのはどんな世界なのだ！考えていると、やっぱり眠れなくなる。

そのＩＲＳ５が太陽として輝く世界にもおそらく当然、惑星がならんでいるのだろう。

そのくらいの規模になると、もう我々銀河系の田舎宇宙（銀河系は小さなしみのようなものにすぎない――同書より）からいったら想像レベルを越えた、とてつもない宇宙世界なのだろう。大都会宇宙とでもいったらいいのだろうか。

このあいだ行った吐噶喇《とから》列島のある島は、人口一〇〇人ちょっとの本当に静かな島であったけれど、それでもきちんとそれなりにひとつの規律社会をかたちづくり、ときおりちょいとしたいさかい事もあるようだったが、まあまあ平和にやっていた。思うに宇宙の真ん中へんというのは、そんな島で暮らしていた少年がいきなりニューヨークのど真ん中にいってしまうくらいの環境格差になるんではあるまいか。

この一〇年のSFの最高傑作といわれている（ぼくもそう思う）『ハイペリオン』（ダン・シモンズ著、早川書房）は、二八世紀の地球および宇宙を舞台にした物語だが、ここにはそういう田舎辺境惑星としての地球がごくごく当然という恰好で出てくる。読んでいてああそうなんだろうなあ、全宇宙における地球の文明レベルなんてこんなものなんだろうな、と妙に素直に納得してしまうのだ。

さてまあところでさっきのその、とてつもないバカデカ恒星であるが、このIRS5のまわりを回っている惑星というのも相当大きなスケールになっているのに違いない。

惑星の数だって、この太陽系の水星から海王星までのたった八つなんてしけた寂しいレベルじゃなくて、どおーんと五十いくつもあって、タイプもいろいろで、派手なのから地味でおとなしいのや、ちょっと勝気だけれど涙もろいのまで（なんの話をしているのだ）いやその、これだけ惑星を持っていれば知的生命の含有率だって相当なものになる、と考えて妥当ではないかと思うのである。そうして宇宙関連の本をいろいろ読んでいると、はるか宇宙の中央部分にはこんな巨大恒星がうじゃうじゃいるらしい。

巨大太陽のもとに回っている惑星が同じ比率で巨大なものになっているとしたら、そこにいる生物も巨大なものになっているのだろうか?

で、まあ乱暴な話、やがていつか、遠いいつか、はるか遠くのそういう中央銀座じゃなかった中央銀河の巨大な惑星の、巨大な知的生命体があるとき地球にやってきて、それがまだ人類がなんとか生きている頃であったとしたら素晴らしい。巨大惑星の巨大宇宙人がやってきたら我々はつまりリリパット人になってしまうではないか。

スイフトの四行詩につぎのような一節がある。

博物学者の観る目には
ノミにはノミにつくノミがある。
そのノミにつくノミがあり、
どこまでいってもきりがない。

しかし現代の多くの科学者はごくごく初歩的な思考の組み立てで、ブロブディングナグ(『ガリバー旅行記』の巨人国）は科学的に生物学的に存在しえない、ということを説明できてしまう。同時に、ＳＦの古典「フェッセンデンの宇宙」（顕微鏡的微小知的生命の世界）も科学的には絶対存在不可、と明言されてしまった。

これは悔しい。ありえないと知りつつ、このあいだとある中間小説誌に、ある日わが自宅の机の上に突然カナブンぐらいの宇宙船が降りてきてぼくと戦う、という小説を書いてしまった。とりあえずまあ時折ＳＦも書く小説家であるから、その非科学性の逃げ道として、その主人公は、小さな小さな生物体を幻視してしまうという、アルコール中毒症状のひとつ振顫《しんせん》譫妄《せんもう》小動物幻視症の可能性あり、としておいた。タイトルは「机上の戦闘」。しかし、このウスバカ小説は、書いている当人としては結構たのしんだ。

いまは科学がどんどん進んでいて、空想科学小説なんぞどんどんとおり越してしまっているから、ぼくのように発作的夢想のなかに生きているモノカキにはだんだんつらい世の中になっている。ある一定の物理的法則のなかで生きていると、小説的夢想にも法則のエリアがある、ということを認識せざるをえなくなることがあるからだ。

たとえばあるとき、地球に突如として凄まじい地殻変動がおき、地球人口の九割ぐらいが死んでしまうくらいの、地球終末的造山現象がおこり、エベレスト（八八四八メートル）が五倍ぐらいの高さに突き出てしまう。さあどうなるか――という小説を書こうかと思った。しかしそのとき、ふと大人の良識てえものがはたらいた。

だいたい、あの山というものの高さはどうやっていまのものになっていったのだろうか？で、その方面の本を読んでいったら、山というものはとてつもなく重い。その重さをささえるためには大体その山の高さと同じくらいの厚さの地殻というものが必要になっているらしい。でもってエベレストの下の地殻の厚さというとまさしくエベレストの高さといい勝負なのだ。その下はもう流動的なマントルであるから、ぼくがいい気になって地上四万五〇〇〇メートルの新エベレストなどをこしらえたとたん、そのとてつもない重量とその圧力によって超巨大山はずぶずぶと地球の中にめり込んでいってしまうのである。

惑星にとっての山の高さは、その惑星の重力も大きく関係してくる。

太陽系の惑星のなかで、今のところ我々の知り得るもっとも高い山は火星のオリンピック・モンス山で、高さおよそ二万四一四〇メートル。これは丁度エベレストの二・七倍の高さであり、同時にこれは火星の重力が、地球のおよそ二・七分の一であることと対応しているのである。

この山に関する記述は『君がホットドッグになったら』（ロバート・エーリック著、家泰弘訳、三田出版会）にでていた話である。

この本はモノをスケールでみていくということについて、おそろしく刺激的な内容であった。ガリバー型宇宙人がどうもいそうにないということはこの本を読んでもじわじわとあきらかで、そのへんはどうも面白くないのだが、読めば読むほど少しずつ賢くなっていくようで、ついつい深入りしてしまう。

生物の巨大化も重力と密接に関係している、というのはなんとなく分かっていたが、この本はその理由をぼくのような空気頭にも理解できるくらいに面白おかしく説いてくれるのである。

陸上生物は大きくなればなるほどその自重をささえるために足を太くしなければならない。プロポーションをそのままにしてとことんまで巨大化していくと足をどんどん太くしていかなければならず、やがて全部の足がくっついてしまって、もうそうなったらころがったほうが早い、という情けないことになっていくのである。

ロジャー・ゼラズニイのＳＦに核戦争で地球が滅茶苦茶になり、とくに放射能による突然変異がすすみ、いろいろ訳の分からない生物がうろつき回っている、というわりとぼくの好きなシチュエーションの話がある。そこに長さ一キロぐらいのまあとりあえず長すぎる蛇がでてくる。

しかし、地球上で生息する蛇がどんなに大きくてもアナコンダやアミメニシキヘビのようにせいぜい長さ一〇メートルぐらいにしか大きくなれないのは理由がある。

「ヘビがあまりに長くなってしまうことはヘビにとって危険である。長さ一キロのヘビを考えてみよう。典型的な値として毎秒一〇メートルの速さで伝わる神経刺激信号は、この生物の端から端まで到達するのに一〇〇秒かかってしまう。尻尾が齧《かじ》られても、なにが起こっているのか脳が知るまでに一〇〇秒かかり、それに対して何らか行動を起こすのにまた一〇〇秒かかるようでは、尻尾が齧られるのを防ぐことはできないだろう」

ワハハハハ、というような話なのだった。

おなじこの本のなかに、隣の銀河までの距離のことがでている。わかってはいるのだが、いま我々がみているアンドロメダの光は我々の祖先である猿人が、地上をうろついていた二三〇万年前に発せられたものなのである、と改めていわれてしまうと、宇宙人とのコンタクトへの夢もくそも、はるか五万光年のかなたに飛んで消えていってしまうのである。

やっぱり科学はキライだ。

宿に泊まるには覚悟がいる

チベットに行ってきた。これまで随分いろんな国を旅したが、あれほど宗教に色濃く包まれ、信じることに忠実な人々に満ちみちた土地を旅したことはなかった。それが非常に新鮮な思考の刺激になった。とりわけあちこちで見かける巡礼者の姿に心を奪われた。

二、三人で歩いている巡礼者もいたが、訪れた時がちょうどチベット暦の正月だったからなのか大人数の集団のほうがよく目についた。

私たちのような国の者から見ると、彼らの姿は泥や埃に汚れ、顔や手足なども陽にやけて真っ黒になっており、つまりはまあその全体が凄まじい恰好にうつるから一見〝タダナラヌ〟人々の群れ、のように感じてしまいがちだが、実際には巡礼者当人らからいったらこれほど充実して楽しい、人生最大のイベントはない、と考えているヨロコビの旅であるらしい。たしかにあちこちの寺院で出会う彼らの表情は生き生きとしており、何人かの巡礼に話を聞いたが、みんな屈託なく実に楽しげに充実し輝いて見えた。

ラサのジョカン寺の門の前には毎日早朝から街の人や巡礼者など老若男女がぎっしり詰めかけ、競うようにして五体投地礼を続けている。その姿は最初見るとびっくりするけれど、何日か見ていると次第に彼らがそのことを恍惚とした表情で繰り返していることに気づき、つきつめるところ、これはアメリカ人の早朝ジョギングや、日本人の早朝のラジオ体操とどこかで通底したものがあるのを感じるのである。もちろん日本のラジオ体操とチベットの五体投地礼では、その行為に投じる思いや心の深さに雲泥の差があるのだけれど……。

この国の巡礼者をなにか〝タダナラヌ〟人々、というふうに思いがちなのは、これまで彼らを紹介する写真や文章、テレビの映像などがその姿を決まって紋切型に、一向専修《せんじゅ》、峻厳にして苛烈な苦行の民、などという、いわゆる絵に描いたようなそういう枠のなかにおさめたがっていたからではあるまいか。

しかし聞いてみると、巡礼者はその行為が厳しければ厳しいほどご利益がある、という考え方だから、厳しければ厳しいほど彼らは幸せに思うのだ。そして同じ行を共にする同じ村の知り合いたちとの巡礼の旅は、彼らにとって基本的に楽しい日々なのである。

現地でそれらのあるがままを目のあたりにして、その昔日本の写真家や映像作家が紹介してきたものが、いかに意図的な方向づけをした「そうであれかし」の風景であったか、ということを知っていささか笑ってしまった。これはインド、バラナシのガート（ガンジス河の沐浴場）で、日本人からみたら相当に違和感のある風景――たとえば強烈な宗教歌のなかで一心にガンガーの水を浴び、あたりに死体やさまざまな汚穢《おわい》物の流れてくる河の水を口にふくんで礼拝する夥《おびただ》しい数の巡礼の人々を、ことさら暗く深刻な風景に撮っていた写真家などの意図するところと同じなのだろう。

実際に目のあたりにするインド人の巡礼者は底無しに明るかった。彼らのその巡礼も村の仲間たちと一生に一度のあこがれの聖地への旅であるわけだから、待ちにまったヨロコビの旅なのである。インドを旅した時、その各地で明るい陽光の下、お花見と運動会と町内旅行が一緒になったような大騒ぎを見た。そして今回あちこちで見たチベットの人々の巡礼の旅も、その根ざすところはまったく同じなのであった。

帰ってきてすぐに前から読みたくてしかたのなかった『チベット旅行記』を読み、当時の旅の形をいろいろ知った。この本を読むのは自分が実際にチベットに行ってからにしようと思っていたので漸く解禁にありつけたのである。

なるほど当時は旅装も貧弱で地図もなく、山賊も多く、常に死と直面したような旅を強いられていたが、そうした極限状態の中の旅は「人生」そのものだったのだな、ということをこの本を読んで明確に理解することができた。そして今現在も続いている活発で熱心なチベット人の巡礼の旅が、旅の形としてはもっとも目的意識のはっきりした、いまだに行える「人生的な旅」であることを理解し、あらためて羨望の思いにいたった。今の日本人の旅には程遠い、しずかに内面的に充実しているだろうその旅のスタイルに対してである。

日本人にもかつてこうした信心の旅があり、盛んであったことを『落語にみる日本の旅文化』（旅の文化研究所編、河出書房新社）でさまざまに知った。その代表的なものが伊勢詣《まい》り、大山詣りで、なるほどこれはどちらも落語で聞いてその最初の知識を得た記憶がある。

この本のなかでとりわけ興味深かったのは神崎宣武氏が「大山詣りと講社の旅」の論文で書いていることである。

「一生に一度の伊勢詣り」とか「おかげまいり」といわれ、当時一番人気のあったこの地に旅する人は享保三年（一七一八）正月から四月一五日までに四二万七五〇〇人おり（伊勢山田奉行が参宮者数を幕府に提出した資料）、この数値をもとに「旅は農閑期にあたる正月から春先にかけて集中したことを考慮するなら、その数のせいぜい五割増の数値を年間の参宮者数とするのが妥当であろう。したがって、江戸中期には、年間約六〇万人から七〇万人が伊勢参宮を行っていた（中略＝実際には通行手形を所持しない抜け参宮と呼ぶカウント外の者も相当数いた）。当時の日本の総人口を大ざっぱな推計で二〇〇〇万人前後とすると、約二〇人に一人が伊勢に歩を進めていたということになる」と説いている。さらに「最近の海外旅行者（ビジネス旅行者を除いた実質的な観光旅行者）は年間約九〇〇万人で人口比でいうとほぼ一五人に一人となる。つまり、当時の伊勢参宮客だけをとってみても、現在の海外旅行ブームにさほど劣らないほどのにぎわいだったのである」。

筆者がいうように当時はこの伊勢詣りのほかに大山詣りをはじめ出羽三山（山形）、善光寺（長野）、熊野（和歌山）、金比羅（香川）、宮島（広島）などへの宮詣りもさかんに行われていたし、その旅の期間も半月から一カ月にわたるくらい長い期間を必要としたであろうから、当時の日本の旅の殷賑《いんしん》ぶりはたいそうなものだったのだろう、とうかがい知ることができるのである。

『旅行用心集』（八隅蘆菴著、今井金吾解説、生活の古典双書三、八坂書房）の序文は、「夫《それ》、人々、家業の暇《いとま》に伊勢参宮に旅立するとて其用意をなし、道連等約束し、いつ何日《いつか》は吉日と定、爰彼処《ここかしこ》より餞別物抔《など》到来し、家内も其支度とりどりに心も浮立斗《ばかり》いさきよきものはなし……」で始まっている。

本文はその旅に持っていくものから、旅先で注意すべき動物（蛇、毒虫からはじまって狐狸の化かしにいたるまで）と人間、襲いかかるおそれのある病気、宿の判断、川の渡り方、股擦れ、足豆の治療の仕方にいたるまでまことにもって細かく具体的に指南していて今日にも大いに参考になるくらいだ。

そうなると当時のまあ言ってみれば日本の旅人の大多数を占める〝巡礼〟たちがどんな宿にどんなふうに泊まっていたのか、ということが気になる。

そうして偶然見つけた本が『旅風俗』（講座日本風俗史・雄山閣出版）であった。江戸時代の旅の道中編、宿場編の二冊に分かれている。

道中編はさっきの『旅行用心集』のケーススタディーのようになっていてすこぶる面白かった。そして宿場編を見ると日本の旅の発達史のようなものが見えてくる。

当時の宿は原則として泊まるスペースを与えるだけで、食事はそれぞれが自炊というのが普通であり、大名も自分たちの連れている料理人に賄わせ、風呂なども桶を担いでいって自分たちで沸かしていることが多かったという。

よくひどい宿のことを今日でも「木賃宿」というが、当時はこう呼ぶ宿が主流で、これは自炊する場合に必要な燃料代（つまり薪＝木のことだろう）を払うだけでよい宿のことを言ったのだ。

まあこのような話はこの時代のことに詳しいひとにはなんのこともないのだろうが、俄《にわか》興味のぼくにはいろいろと面白かった。

全体を通じて分かったのは、この時代の人々にとっての〝旅〟はやはり、確たる目的がないとなかなか出かけることができない、覚悟と度胸と決断のいる大きな〝仕事〟であったらしい、ということである。

今の日本人の旅の目的はいったいなんだろう、とそのチベットの旅の帰りに考えてみた。日本人は世界でも相当に旅行好きな国民と言われているが、その目的としてすぐに浮かんだのは「買い物旅」である。それに類したもので「世界グルメ旅」のようなニュアンスのものがある。旨いものさがしとかブランドもの買いあさり旅、などというのはどうもやっぱり恥ずかしい。もう少し人生的哲学的な旅はないのだろうかと思ったが、今の日本では無理のようである。研修旅行の最たるものは「修学旅行」なのだったろうが、今は殆ど形骸化しているらしい。「社員旅行」は衰退の一途だ。「不倫旅行」なんていうのをよく聞くが、本当にそんなにあるのだろうか。「日本再発見の旅」とか「フルムーン」などという仕掛けの旅もあったが、当然根づくことはなかった。ひと頃「自分さがしの旅」というフレーズのものがよく言われた。自分をさがしてどうするのだろうか。もし本当に「自分」を見つけたとしたらその日からとたんに「ぐったり」しちゃったりして……。

ぼくはこのところ「取材旅行」ばかりだ。取材旅行の対象地はさまざまであるから宿もいろんなところに泊まる。いい宿もあるし、とんでもない宿もある。泊まってみないとわからないほうが多いけれど、これだけあっちこっちに泊まっていると最近はなんとなくそのよしあしがニオイでわかるようになってきた。どうも犬みたいだ。

ニオイというのは取り敢えず言葉のアヤで、つまりはまあ気配、雰囲気というやつだ。

もっともこの間は本当のニオイで最初からこれはどうも手ごわそうだぞ、と直感した宿があった。長崎のある離れ島の旅館であったが、泊まれるような宿はとにかくそこしかなく、テントも持ってこなかったのでお世話になるしかなかった。

ニオイはモロに便所の糞便の臭いであった。風向きなのか位置の問題なのか、どうしてそんなに凄いのかわからなかったが、とにかく強烈な臭気であった。

「うーむ」と思ったが、しかしよく考えればぼくも昔はくみとり式の便所の家に住んでいたことがあったから、これは懐かしい少年時代の臭いなのでもある。しかも泊まるのはたった一晩である。これから二、三年ここにお世話になるということだったら少し考えてしまうが、離れ島でもあるし「これもまたよし」というふうに判断した。こういう臭いというのは暫《しばら》くすると慣れてしまうものであるし……。

おばあさんが出てきて、まあなかなかに愛想よく迎えてくれた。よおしよおし……と思ったのはそこまでで、あとはいやはややっぱりとんでもなくひどい宿であった。

いちいち書いていくときりがないので問題点だけ申し上げると、通された部屋が①煤《すす》だらけ②窓の障子が穴だらけ③その窓がうまく開閉できない④やっと開けたらその向こうが牛小屋で牛の糞の臭いがどっと攻め込んできた⑤風呂はその家の家族の使っている風呂で空のシャンプーやら化粧品、子供の風呂遊び道具、風呂の掃除道具などでごしゃごしゃ⑥湯がちょろちょろ⑦めしのおかずはなぜかサザエばっかり⑧布団は掛け布団しかなくそれを敷布団兼用にする⑨夜中にいきなり障子の破《わ》れ目から大きな蛾や蟬が飛び込んできた⑩親父はこの宿がある釣り好きの俳優の常宿である、ということを自慢しつづける。

と、まあ主なことだけでこれだけある。いろいろ考えてしまったが、この宿の親父はこの三〇年くらい現代のヨソの宿に泊まったことがないんじゃないかと思った。それから親父のいうその俳優がもし本当にここを常宿にしているのだったらその俳優は汚穢臭好きの自虐フェチなのではないのか。

まあこんなふうに旅ゆけばいろんな宿がある。ではついでにそのほかの問題宿をあげていくと、

①久しぶりに出掛けた家族旅行。団欒の夕食時にいきなり着飾った衣装でお供のものとやってきて挨拶を述べる有名観光旅館の女将。あとでわかったのだが、その大仰な挨拶は各部屋でやっており、要するに毎晩その着物を見せに回っているらしい。

②どうってことない料理の並んでいる夕食時に部屋にやってきて居座り、その料理はおれがこしら

えたんだと煙草吸いつつ自慢する民宿の親父。

③朝食に変化を、という確固たる信念があるらしく朝飯の客を大広間に集めて妻の捏《こ》ね取りで餅をつく親父。そのつきたて餅を歌と踊りで「ハイサ、ホイサ」などといいながら客に配って歩く迷惑朝食。そんなのを拍手するやつなんかがいるからますます親父はその気になってしまう。ゴハンが食べたかったのに……。

④腐臭のする安ホテルの一室。もしや死体でもあるのかと思ってあちこち調べたが、なにもない。しかし本当に気持ちが悪くなるほど臭いので部屋を替えてもらいたいと申し出たら、満室との返事。いまから別のホテルを探すのも大変なので強い酒をガーッと飲んで強引に寝た。寝ている間に体にその腐臭がしみ込んでしまったようで、しばらく気持ちが悪かった。

このほか外国でのことだが本当にポルターガイストらしきものがでてくるホテルに泊まったことがある。また、南米の宿では夜中に帰ってきたら我が部屋で従業員の男女がモロに怪しいことをしていた――等々思い出していくときりがない。

日本の宿の問題点はおしなべていうと、

①何事もとりあえずきちんとしているが、とにかく高すぎる都市の高級ホテル。冷蔵庫の缶ビールが一本八〇〇円、ルームサービスのカレーライスが三六〇〇円、というフザケタ値段が全てを物語っている。清潔そうに見えるが、窓の開かないホテルが多いので実は不衛生。外国の一流どころに較べて圧倒的に部屋が狭い。宴会営業が儲けの主力で客室の仕事がおろそかになっている。

②入り口に着物姿の仲居さんをずらり並べて「いらっしゃいませー」などとまったく心のこもっていない大声で挨拶させる日本旅館。相変わらずのビニール袋入りのへなへなに薄いタオル。病院を連想するペタペタスリッパ。干したことのない布団。大量餌やり空間のようなバイキングの朝飯。

等々。こっちのほうもきりがない。『高級ホテル・高級旅館の「罪と罰」』（小田創著、はまの出版）は、日頃旅のまにまに同じように思っていることがいっぱい書いてあったのですこぶるおもしろかった。

熱海などはこの数年、マンモス観光旅館が次々に潰れて未曽有の危機にあるらしいが、この本を読むとその理由がよく分かった。儲け主義が先に走り、各旅館が旅館の中にお土産屋、ラーメン屋、ゲームセンター、マッサージルーム、日焼けサロン、二次会用のバー、スナック、居酒屋、キャバレー、カラオケ屋などをつくり、いわゆる疑似歓楽街を創って客を街に出さないようにしてしまった。人が徘徊、回流しない温泉街は魅力を失い、それによって急速にエリア全体の集客力を失っていった。――ということが結構大きかったようだ。

旅をする人は必ずしも都会にあるのと同じような歓楽街をそこに求めているわけではないと思うのだ。むしろ都会にない素朴な温泉町の風情を求めて行く人が多いはずである。金を吸い込むことだけを優先させて、旅する人のための旅の魅力の場をこしらえ提供する努力を怠ったのだ。自業自得というわけでもある。

しかしその一方でぼくには単純な疑問もある。では旅に出る人が旅先の宿に一体どんな「旅の心」

や「旅のやすらぎ」を求めているかというと、どうもそれはまことに心もとない気もするのである。

たとえば今述べた熱海のような、旅館の中をひとつの歓楽街にしてしまうという仕掛けの旅館は全国に沢山ある。そういうものを目のあたりにして不思議に思うのは、それらの旅館の中のバーやスナックなどに大抵いつも沢山の客が入っているのだ。それらはみんなその旅館なりホテルなりがやっている模擬店のようなものであり、つまりは「まがいもの」である。それでも宿泊客で一杯になっているのを見ると、客のほうも結局そんなものでいい、と思っているのだろうな、と解釈するしかない。

北陸のある旅館は館内の「朝市」を売り物にしていた。といっても本当に漁師や農家の人が自分のところでとれたものをもってくる本物の朝市などではなく、その旅館が自前でやっているものでつまりは名前だけ。しかもその「朝市」の開催時間が夕方四時からの「朝市」というよくわからないものであった。

けれどそれでもお客は宅配用のダンボールを持ってそこに群がっているのである。客も旅館側もつまりはその程度のところで「いい」と思っているのだろうか。

日本の旅は確実に衰退していくのだろうな、というのがぼくがこの頃感じていることで、その理由のひとつはこのように旅館やホテル側がわけがわからないことをしているのと同じように、旅に出ていく人々もべつにその旅をするに確固たる信念やポリシーなど何もない、ということがはっきり見えてきているからでもある。日本人の旅でいかにも日本人的なのは「どこでもいい」という旅の目的地だろう。強いていえば温泉があって美味しい食べ物が出てきて、お土産が買えて、安いところ、という具体的な項目があるくらいではないか。

江戸時代の「巡礼の旅」の後にも、昔は新婚旅行のための名所であるとか、湯治客のための場所であるとか、ある特別のものを食べられる土地（北陸のマツバガニ）とか、有名な風景が見られる一帯（富士山や阿蘇や季節の花や）などというものを求めた旅がかなり明確に存在した。けれど今はそのようなものが旅人を呼ぶ力にはなりえなくなってしまった。つまり旅する人もそれを迎える宿も、両者ともさして目的もこだわりもない、いい加減な妥協のもとに成り立っているのだ。

もう〝旅〟にひとりひとりの確たる目的のあった時代は日本ではすでに終焉《しゅうえん》を迎えているといっていいのだろう。

文句なしに楽しい大型地図絵本

A・ミジェリンスカ
D・ミジェリンスキ
『マップス』（徳間書店）

徳間書店がなかなか魅力的なでっかい本を出してくれた。『MAPS』。サブタイトルに『新・世界図絵』とあるように、これは世界の主な国々を、その国の特徴を代表するような沢山の絵で描いた大型地図絵本だ。ポーランドの夫婦が手分けして描いたという。

地図というのは元々世界をいろいろな角度から俯瞰《ふかん》する重要な頭脳の刺激素材で、これまで人類は様々な視点から自分たちの住んでいる世界を図形として描いてきた。その国の地図を見ると、その国の民族的思想が見えてくるといわれている。それは世界中のそれぞれの国の地図の始まり方を見ればすぐわかることで、原始地図から現代の精密な地図にいたるまで、それら様々な国の人々の思考や思想が中心になっているからだ。

まあ簡単なはなし、日本の地図を開くとほとんど太平洋が主役ではないかと思えるほど世界でも特殊な俯瞰図になっている。その逆にヨーロッパの世界地図を見るとヨーロッパが中心になるから、日本を探すとユーラシア大陸の東のはずれのほうに細長いコンブのようなかっこうでへばりついているのを見て、欧州の人々の世界観がわかる。「極東」とは確かに彼らの視点からいうと、そのものぴたりなのである。

世界地図を逆さにしてみると、また違った国が見えてくる。東アジアの周辺はとてつもなく乱れた島々の広域なかたまりとなり、時として燃えさかる炎のように見えたりする。紛争地帯など特にそんなふうに見えるから面白い。

この『MAPS』はものすごく素直に各国ごとを正面から見据えた絵による世界探索そのものである。日本などを見ると、昔からの日本の特徴となる絵がちりばめられ、この作者夫婦はかなり歴史的な考察もしっかりしているのだな、ということがよくわかり、同時にそれはその他の国々にもいえることなのだろう。大人から子供まで文句なしに楽しめるし、世界のいろいろな国を旅してきた人などは、ウイスキーをかたわらに置いてしばし自分の人生を回顧する黄金のような時間になるような気がする。

アリンコも考えている

郡司ペギオ－幸夫
『群れは意識をもつ』（ＰＨＰ研究所）

単純なようでいて、知れば知るほど複雑な内容とその意味を持ってくるのが群れ意識だ。現象として単純なものを挙げれば、例えば、アリの行進である。蚊が集団でまとまって動いていくことも、初歩的な現象として以前から気になっていた。

たぶん日本中の子供が幼い頃にアリの長い行列を見て、いろんなことを考えただろう。少し大きくなってきて、海に潜ったりするようになると、小魚が群れを作り、先頭とか中央に特別なリーダーがいるとは思えないのに、一糸乱れず集団で一斉に進行方向を変えたりするのを見る。空を眺めれば、季節によって鳥たちが集団で同じ方向を目指して飛んでいるのを見て、それなりに観察者は不思議に思ったはずである。

ぼくは子供の頃、アリなどには女王アリという格別に強大なリーダーがいて、それが人間には感知できない昆虫界の指令なりを電波のようなものとして送っているのだろうと思っていた。それはつい最近まで変わらぬ思いだった。ほんの一〇年ほど前、ニューギニアの山奥でホタルの木を見たときまで、ガンコにその考えを信じていた。ホタルは数万匹の大群でひとつの木に群れていたが、おしりの発光が全部シンクロしているのである。クリスマスで都市部の商店街が豆電球などのイルミネーションの明滅を電気的にシンクロさせているような具合だったからだ。

けれど、のちにものを書く必要があって、もっと詳しい小生物の行動を調べていくと、多くの群れにはリーダーなどというものはおらず、群れを構成する個々の生物の小さな思考体（例えば脳幹のようなもの）によって全体が同一行動をしているのだということを知った。

これは現代の先端科学であるサイバネティックスの機能や可能性にも通じるもので、アリンコの行列の一糸乱れぬ行動が、宇宙先端科学にまで通じている、実はたいへん大きな問題だったのである。

美しい極地探検記

田邊優貴子
『すてきな地球の果て』(ポプラ社)

テレビの「ディスカバリー」などを見ていると、欧米の若い美人学者が厳しい極地探検などに参加し、独自の研究を体当たりで行っていてちょっと悔しい気持ちになったりしていた。それに比べて日本は、ぼくには何がいいんだかまるでわからないけれどＡＫＢ48がどうしたこうした、などと何時までもやっている。わしらの国は若い男も女もなんとも常に情けねえなあ、という思いである。けれど、日本人でもやるべきところでは欧米のそういう女性学者にひけをとらない力のある女性学者が活躍している。

『すてきな地球の果て』は北極圏と南極にわたり、そこで専門的研究をしている女性学者の記録だ。著者は早稲田大学高等研究所の助教(現在は国立極地研究所の助教)、植物生理生態学者である。余計なことかも知れないが冒頭にディスカバリーなどでよく見る欧米の美人学者と書いたのを受けて書くがこの日本人学者もたいへん美人だ。

そんなことで張り合っているとＡＫＢを批判したレベルが下がるかもしれないが、極地における実地研究という厳しい仕事にもかかわらずこの人の文章はいかにも軽やかで、気負いがなく、女性特有のやわらかい視点がとても美しい。ほんの少し前だと男たちばかりの南極探検などというと、戦争に出陣するかのような、悲壮な文章に出会ったりした。むかしからぼくが感じていた、「極限に強いのは本当は女性だ」ということをこの著者の視線と行動が証明してくれたかんじだ。そもそもこの本には探検ということばはまったく使われていない。厳しい状態にいるのだな、と添えられた沢山の写真を見ると体感的にわかるのだが、そういう苦しみの描写はまるでなく、むしろ極地までこなければ見ることができない風景やそこに生きる動物たちへのやわらかい視線とそのことへの感慨のほうが大きく、これまでの両極への探検紀行ではまったく見なかった柔軟な生命讃歌が美しく息づいている。

きばっていない文章も平易で、著者の案内でほんわり極地を歩いているような気分にさせられるのも〝女性のちから〟なのではないだろうか。文章と同時に写真がどれも素晴らしい。写真集なども編めるのではないだろうか。

Ⅳ　沢山のロビンソン

明るいインド

インドのバナーラスにいったとき、日本のジャーナリズムのインチキ性をすこし見破ったような気がした。

「ふふふ、見たぞ見たぞ……」

と、思った。

インドのバナーラスというのはバラナシと呼んだり、ベナレスと呼んだりしていろいろだ。日本ではインドの観光本などをみるとたいていベナレスとなっている。ひとつの地名がこんなふうにしていろいろ呼び方のニュアンスが異なってしまうのはやはりインドの神秘性によるものなのだろうか——などと考えるのはいささか甘いようだ。

インドを実際に歩いてみたらすぐわかってきたのだが、インドは神秘よりも「したたか」のほうが優る国である。それと同時にインドという国はかなり虚飾されている国である。虚飾はインド自身によるものでなく、インドを見る観光資本の眼によるもの、といったらいいだろうか。

バナーラスには〝聖なる河〟ガンジス河が流れていて、その聖なる流れをめざして集まってくるヒンドゥ教徒の沐浴の場としてよく知られている。

インドには一九八三年に行った。インドに限らず、ぼくははじめて行く外国について事前にくわしく調べていく、ということはほとんどしない。

理由のひとつには、行く前にその国についてあまり固定した印象をもってしまうのはつまらない、ということがあるからだ。オランダは風車、エジプトならピラミッド、カナダですと誰がなんといってもナイアガラですぞ、というような決まり構図というのがいろいろある。あれが結構弊害になることが多いのだ。

理由の二番目は単純に面倒くさいから。未知の土地の紀行ものは自分が行って実際に見てきてから読んだ方がその本のウソや誇張がよくわかって面白い。

ところがこのインドのバナーラスというのは、何もインド本を読んだわけでもないのにいつの間にかその街の情景が目に浮かんでくるのである。まだ見たこともないくせになんとなくタタズマイを知っているのである。これにはおどろいた。

しかし間もなくそれは「富士山現象」と同じようなものである、ということに気がついた。インド、というとかならずこのバナーラスの沐浴風景が載せられていることが多く、外国人が「日本!」というと迷わず富士山をイメージづけてしまうように、バナーラスの沐浴はインドの代表的風景になってしまっているようなのだ。

しかもこのバナーラスの沐浴風景の表現というのが妙に暗い。果たしてこれが同じこの世か？　と思うくらいに陰々滅々とし、ヘンに荘重でマッコーくさく、深刻で苦渋に満ちていて、いたるところ瞑想っぽくて神秘的である。

そうしてとどのつまりはこの沐浴風景で、これですっかり全部インドの全体をイメージしてしまう、ということになってしまうようなのだ。

ぼくがそうだった。インド本を何も読まないうちに、インドというのは暗くて苦悩にみちていて神秘的で、どこを歩いても悠久三〇〇〇年の死の歴史と呪縛による目に見えない圧迫と貧困に満ちている……と、そんなふうに考えていた。

ところがいざこの眼でインド神秘の象徴、バナーラスの沐浴風景を見ると、それはこれまで知らず知らずのうちに日本のジャーナリズムに予備学習されていたイメージの世界とは随分違っている、ということに気がつくのだ。

第一に暗くない。ちっとも暗くない。ちっとも荘重にしてかつ沈重ではない。驚愕《けいき》にして森厳神秘ということでもない。

むしろ全体のイメージは騒々しくてホコリっぽい。そして汚くてあくどくてずいぶんと明るい。明るいというのは物理的に空がガンジス河の上にぐんと抜けて広くて明るい、ということと、イメージ的に〝陽気〟である、という両方の面から言えるのだ。

日本に紹介されている写真のかずかず。バナーラスの憂鬱と難苦に満ちた、昼なお暗い魔界近邇《きんじ》の風景気配というものはどこにもない。どこをどう見回してもまるでない。

「おい、あの風景はいったいどこをどうやって撮ったものなんだい？」

と、改めて真面目に聞いてみたくなるほどの〝話の違いかた〟なのである。

なんとなくその答えはわかっている。バナーラスにやってきたジャーナリズムや写真表現者たちは、この風景を撮るときにどうも意図的に暗く暗く、必要以上に切なくあやしくおどろおどろしく撮影表現してしまうようなのだ。

いまの写真技術は、フィルター操作や、フィルムの選定、撮影時のテクニック等によって、ぎらぎらの昼を夕景のように見せてしまう、なんていうことは簡単にできる。

昼を夜にまで変えてしまう、という御苦労さまなことまではしていないだろうが、この地を撮るならできるだけ暗め暗めに、重く重く、より一層神秘的にあざとくあやしく……という表現者たちの意図が、一方向に傾斜している、というようなことはおそらくきっと十分にありうるような気がする。

そうでなければ、日本人プロフェッショナルが撮るガンガー（ガンジス河の別称）の沐浴風景の写真ひとつひとつがどうしてみんな悲しいほどに重くて暗いのか、ということの説明がつかない。

『インドの大地で』（五島昭著、中公新書）を読んだとき、インド本の新しい代表作が出てきたな、と思った。この本の著者は毎日新聞の記者だ。インドで一九八〇年から一九八四年までの四年間、ジャーナリズム活動をしている。

この本の凄いところはまず非常に具体的である、ということだろう。インドの地に生活していたジャーナリストの眼が、きわめて冷静かつアクティブな視線として「インド的なるもの」を縦横に切り裂いていく。

インドから帰ってきて随分沢山の〝インド本〟を読んだけれど、これだけ情に流されず、きっちりと正面からこの不可思議ゾーンに攻め込んでいる本に出会ったのははじめてだった。

著者は、インドで知りあった様々なインド人の話や、彼らが考えていることから、インドの実像を組み立てようとしている。

そしてぼくがとりわけ興味を引かれたのは次の一文だった。

「インドで体験する衝撃の多くは、いったん衝撃にたじろぎながらも、それに耐えて冷静に見つめなおすと、そこに〝当然の営為〟を認めうる場合がしばしばある」

この文章はバナーラスの沐浴場（ガート）あたりの火葬場や、河を流れる幼児の遺体や、それらを食うハゲタカやカラス――などの風景に対してとりあえずそう語られている。

たしかにはじめて見る者にとっては衝撃なのだ。カメラを覗く眼が、ペンを持つ手がこの風景に対してヒステリックに高揚する。その実感はたしかにあった。

けれどそれをただやたらに不可解だ、強烈だ、残酷だ、神秘だ、とやっていたのではインドは五〇年たっても我々には同じ風景にしか見えないだろう。

五島昭の本はインドを見る作家や写真家たちのこれまでの、どちらかというと旅人としての思い入れの方がつよい、いくつかの作品を引きあいにして「そんなに驚嘆し、考え込まなくてもいいのではないか」と語っている。この本の随所にあるこういう視点がぼくにはとてもフェアで新鮮に思えた。

インド本の代表作はこれまで『インドで考えたこと』（堀田善衞著、岩波新書）であると聞いていた。そんなこと誰に聞いた、などと言われてもこまるのだが、なんとなくインド本業界（そんなものがあるかどうか知らないけど）ではそういうことになっているのだ。

そこでインドの旅から帰ってきたぼくはあわてて大胆かつ無謀と知りつつも『インドでわしも考えた』（小学館）という本を書いた。

高名な詩人・小説家がインドについて考えたすぐあとを長屋の八ッつぁんも考えてみた、というたいへんな修羅場本になってしまったので、その本にオノレが何を書いたか、ということにはまるで触れない。

ただそのインド旅行のときに、バナーラスのガートから実際に自分もガンガーに身をひたしてみた。そうして抜き手で一〇〇メートルほど泳いでいき、河の中から振りかえって岸のガートを眺めたのだ。

そのときぼくはインドの神秘はけっして暗くない！　ということをつよく確信したのである。

河の中から岸を見ると今まで見えなかったいろいろなものが見えた。左右二カ所にある火葬場では薄ムラサキ色の煙があがっていたし、その横にブリキで大きくコの字に囲ってある中では赤と黄色の水泳帽をかぶった青少年たちが「水球」の練習をしていた。すこし離れたもうひとつの囲いの中では子供たちが水泳を習っていた。

小船のトモのところに白い布でくるまれた死体らしきものも浮かんでいたが、よく晴れた青い空の下でバナーラスの沐浴場はじつにあっけらかんと明るく活気に満ち、そして楽しそうだった。

沐浴し、朝日にむかって祈りをささげ、あるいは瞑想するガートの上のおびただしい人々も、よく見ていくとみんな楽しそうだった。

ガンガーでの沐浴はインド全土から集まってくるので、一族郎党ひきつれてやってくる人が多い。そしてこの家族集団旅行それ自体がすでに一生に一度といったレベルの「おまつり」になっているのだ。

だから父親や母親のガンガーまいりについてきた子供たちは最高にコーフンすべきうれしいうれしい日々なのだ。もちろん、死んでガンガーの河の底に行きつくことを最大の至福と考えているヒンドゥ教徒であるから、いささか体の弱った老人たちも、聖なる河の風に吹かれて実に満足そうな顔をしている。その顔は、たとえていえば昔あった船橋ヘルスセンターで憩う顔にかなり近い。両親たちは、家族を連れてガンガーまいりができたことを誇りに思い、これでとうちゃんはきちんと世間並みの生活してんだかんな、というわが子に対するおのれの人生へのとりあえずの満足感にひたっている。子供も老人も親たちもみんないい気分なのだ。見わたすとこのガンガーのいたるところにいる人々がみんなそうやってよろこんでいるのである。誰も苦しんでなんかいないし、誰も絶望なんかしていない。インドのこの地をこれまでとにかく暗く暗くあやしく苦しく写してきた写真家たちよこの前に出てこい、文章家たちよペンにフタをしてここにきちんと名乗りでてきなさい！

とまあ、とにかくそういう気持ちにさせるような「明るいインド」がそこに厳然とひろがっているのだ。

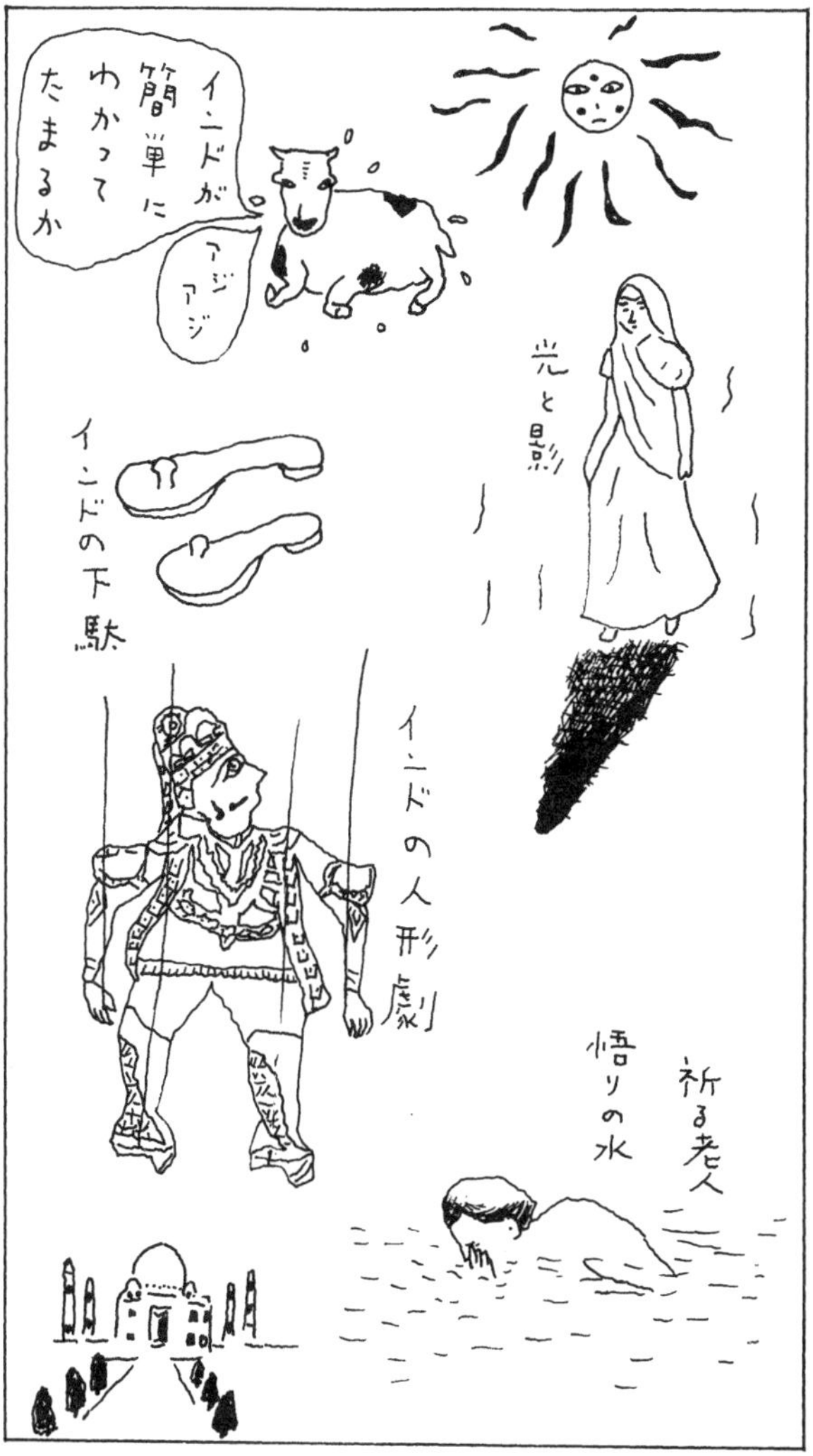

インドが簡単にわかってたまるか
アージアージ
光と影
インドの下駄
インドの人形劇
祈る老人
悟りの水

インドを書いた本で面白いのにもうひとつ『河童が覗いたインド』（妹尾河童著、新潮社）がある。この本は舞台美術装置家の著者による、天井あたりの高さからの俯瞰的イラストルポだが『インドの大地で』を書いた五島さんとはまた違った現場主義で、克明にインドとその人々を描いている。バナーラスの項では、カッパさんも旅行前に家族に言われていた禁をおかし、ガンガーの中に入っていく。そうして結局は腹をこわして七転八倒するのだが、カッパさんも自分でガンガーの水に触れ、いたずらに神秘ぶったり苦悩したりしないところがじつにいい。

注意してみていると、インド本というのは毎年じつに沢山でてくる。単なる旅行記であったり旅行思想記であったり研究書であったりいろいろだが、これらの新しいインド本がでてくると、ぼくは無意識のうちにこのバナーラスやガンガーでの沐浴について触れているところを読むようにしている。そうするとまあおおよそその著者の、思考や視覚の位置というのがわかるような気がするのだ。

『インドの民俗宗教』（斎藤昭俊著、吉川弘文館）はインドに住む人々がどんな神を崇拝しているか、ということを網羅的に分析した本で、すこぶる面白かった。この本でぼくはインドには聖なる河の逆、〝死の河〟があるということを知った。ヴァイタラニーというマヤの国との境界にあって、人々はこの河に汚物や血を流すのだという。

ガンガーに人々が入って頭から水をかぶったり、口をすすいだりしているのは、その河がインドに数ある聖なる河の中でもっとも強大な、つまりは由緒と伝統のある聖なる河の〝河の中の河〟であるからだが、それはあくまでもイメージとしての〝聖〟であり、異教徒にはむしろ気味の悪い河だ。遠くから見ているとただの暗褐色の巨大な流れだが、中に入ってみると実にさまざまなものを混濁させた大河である、ということがわかる。

しかし〝聖なる〟という思い込みは何ものよりも強く正しく、ガートの近くに人のものか犬のものか判然とはしないけれど、黒いクソの固まりが流れてきても、聖者たちは指先で波をおこしそれをヒョイヒョイとむこうの方へ流しておいて、その水を口に含んでしまう。

あるいはクマール・シンさんというガイドと小船でガンガーをさかのぼっていったとき、上流から何体かの水葬死体が流れてきた。体内ガスの死後膨満で唖然《あぜん》とするほどに巨大化した一人の男が、あおむけになって両手を大きく広げたまま流れてきた。その顔は鳥がつついたらしく、目も口もないただの肉のギザギザだった。吐き気を催すようなものを見てしまって、すこし黙っていたのだが、そのときシンさんは死体が流れていったあとの水をひょいと手びしゃくで口にふくみ「今日もあついですね」と言った。

こういう感覚の差というのはインドの不可思議というよりも「信じることの物凄さ」というふうに考えた方がわかりやすいような気がした。

そして聖なる河でこのような具合なのだから〝死の河〟に対する信じる者たちの忌み嫌いかた、というのは果たしてどのような具合になっているのだろうか——というのが、この本を読んだときの大きな興味だった。

いたずらに神秘化させなくてもインドというのはまだ十分によくわからない国である。たとえばインド人はなぜみんなでカレーを食っているのか、ということもよく考えると十分に不思議なことであり、ぼくの知っている限りでは誰もその黄色い秘密を解いたものはいないのである。

素晴らしいぐにゃぐにゃ風景

自然保護運動に関心があり、あちこちで起きているそれに関連する問題をできる限り知りたいと思っている。そこにはいろんな事情がからまっているのだが、大抵最終的に行き着くところが「金《かね》」であることが多いようだ。すなわちそのプロジェクトに関わっていくと誰かが儲かる、有形無形の利益を得る、ということで、賛否の方向性ができていくケースが多いようなのだ。

最終的に「金」のためだけに海が埋められ、山が削られ、川の流れが止められていくのを見ているのはどうにも悲しい。だから状況さえ許せば具体的にそういうことの反対運動などにできるだけ関わることにしている。

この間も江戸時代から残る巨大な堰（第十堰）を壊し、一五〇年に一度くるかこないかの洪水の防護のために、新たに一〇三〇億円を投じて可動堰を作ろうということで問題になっている徳島県の吉野川に行った。その工事計画について賛成か反対かの住民投票を行うことになった矢先のことである。

第十堰をこの目で見たのはその一年まえであった。二五〇年の時間をへても当時のすぐれた石積み技術が分かる巨大な歴史的建造物で、いまだに川の流れのコントロールをきちんと果たしている。

沢山の人々が周りで遊んでいた。その周辺には一〇〇種類以上の生き物が棲みついていて、ヒトもその他の生き物もすっかりあたりの風景と調和していた。

川の自然破壊の問題ではその前に長良川の河口堰建設に対して沢山の論議が噴出し、その巨大な工事の是非をめぐって紛糾した。様々な角度から運用が疑問視されていたのにもかかわらず、巨大なダムはついにつくられてしまったのである。

今、長良川の河口に行くと一八四〇億円を投じられたこの堰が威（異？）容を誇っているのが見える。そしてこのダムの出現によって、懸念されたように長良川下流の自然体系は大きく変えられてしまい、流域漁師は転廃業を余儀なくされている。

あの勇壮かつ、たおやかで力強い江戸庶民の歴史を感じる吉野川の堰も、やがてこんなふうな無機質で高圧的なダムの風景に変えられてしまうとしたらなんとも悲しい話である。

その少しまえ、インドネシアのバリ島に行った時のこと。道々バリの田舎の風景がいたるところでここちよかった。

とくに田園地帯の風景がこころを和ませてくれた。同じ米作農業の盛んな国でありながら日本のそれとどこか違って見えたのは、そこで働いている人の数がまったく違うことであった。

バリ島の田んぼは一家総出で仕事をしているらしく、あちこち老人から子どもまでわらわら動き回っていて、実に活気にみちていた。機械化の進んでしまった日本ではなかなか見られなくなってしまった「ひとがらみ」の元気のいい風景がそこいら中にあった。

この島の田んぼがどれも半円形の丸い畦《あぜ》の切りかたをしていてそれが棚田になっているので、見渡す田んぼの風景が大きくたちあがっているように見える。様々なグラデーションに彩られた緑が大きくパノラマ状に広がり、水牛や犬やブタまで含めたそのあたりの風景がゆったり躍動しているように見える。

第一次産業に人が沢山とりついているのは元気のいい風景に見えるのだな、とその時思った。同じ田んぼでも日本のように畦をきっちり四角に切り、平面に展開している田んぼとは随分印象が違う。ましてや機械化が進み、そこに普段殆ど人の姿が見られない日本の田んぼの図形は、ある種幾何学的な冷たい印象である。

『たんぼ』（ジョニー・ハイマス、NTT出版）はイギリスの写真家が撮った日本の田園の写真集である。この本が出た時一番気になったのは、ヨーロッパ人が日本の田園の何にもっとも興味をもって見ていたのか、ということであった。そこに掲載された写真を見ればそれは一目瞭然なのだが、答えは簡単であった。

取材地は全国にわたっているが、このイギリス人がもっとも沢山取り上げているのも、畦が円形もしくは不定形になって積み重なっている棚田であった。

そうしてもうひとつ分かったのは、この外国人の目を通して見る日本の田んぼというのもじつに色彩が豊富でゆったりとして美しい、ということであった。バリ島のあのいきいきとして豊かな風景にまけてはいない。しかしひとつだけ大きく違うのは、日本のそれがきわめて限られた場所にしか無い、ということであった。そういう意味では日本のそれはもう生活の風景ではなく、極端にいえば、かつての牧歌的な田園日本を懐かしむ観光風景にちかい、という違いがある。この写真集には田園で働く人の姿は殆ど写っていないということもなんだかそのことを象徴しているようで、バリ島のにぎやかな棚田とは本質的な違いを感じたのである。おそらくこの写真家は、田園を日本の第一次産業の生産の場ではなく、東洋のエキゾチックな風景のひとつとしてとらえていたのでもあろう。

アメリカの西海岸にあるサンタクルズという海岸沿いの小さな町に一週間ほどいた時のことである。アメリカ人のごく平均的な住まいをそっくり借りていたのだが、広いテラスがあり、そのすぐ前は道路を一本へだてて海が広がっていた。素晴らしいカリフォルニア・ブルーの下、ぼくはそのテラスで原稿を書く予定だったが殆ど手につかず、毎日海ばかり眺めていた。

町の人々も毎日海にやってくる。早朝から日没まで、いろんな人がいろんな恰好をしてやってくる。散歩。ジョギング。サイクリング。スケート。若者。カップル。老人。グループ。親子づれ。様々であったが、みんな一様に海を眺め、海の風に触れ、海の匂いをかいで幸せな気持ちになっているようだった。

いやまったく本当にその町の人は海が大好きのようだった。海の中ではサーファーが一日中波になろうとしているし、ダイバーもいる。釣りの人も沢山いる。

人間だけでなく動物も嬉しそうだった。犬は人間の数ほどやってくる。海の中にはラッコが泳いで貝やカニなどを採って嬉しそうに食べている。その向こうにオットセイが剽軽《ひょうきん》な顔をだす。クジラが遠くシオを吹いている。

早朝海沿いを散歩すると岸壁の途中でオオミズナギ鳥の巣があって、そこで沢山のオオミズナギ鳥が朝の身づくろいをしているのを見かける。ウミネコの群れがいる。海鵜《うみう》もいる。驚いたのはケイマフリを見つけた時だった。たまたまその半年前、取材仕事で北海道の天売島《てうりとう》でその北国の鳥を見たばかりだった。日本にも昔は北海道のあちこちにこの鳥はいたそうだ。けれどこの美しい海鳥は沿岸漁業の海面を洗うようにして流される巨大な網漁の犠牲などでどんどん追われ、今は人の近づけないこの孤島の岸壁で辛うじて生きているが、絶滅はもう時間の問題のようだった。

そんな鳥が、この町では人家からほんの二〇メートル程のところで生息している。どうしてなのだろう？　とぼくは素朴に疑問に思った。

理由は案外簡単に分かってしまった。この町の海岸は、高さ一〇メートル程の断崖がずっと続いているのだが、ぼくが見たその数十キロというもの、海岸線のどこも、まったく護岸工事というものがなされていないのだ。すべてむき出しの岩と砂が続き、そこに力のある波がどどおんと打ちつけている。

ところどころかなり規模の大きなビーチもあるのだが、そこも人間の手は何も加えられていない。テトラポッドなど皆無。すべて自然のままの海岸線が続いていた。そのへんが日本の海岸風景とは全然違うのだ。これだったら海鳥も海獣も十分生きていけるのだろうなと思った。

西海岸の人たちがなぜ岸壁にコンクリートの壁をつくらないか、ということについては正確にはよく分からない。海岸線があまりにも長く広大で、コンクリートの壁など、チマチマ張り付けていられない、ということがあるのではないか、とぼくはゆけどもゆけども海の続いている海岸線沿いのハイウェイを走りながら考えていた。それからもうひとつ。ここらの海は、人間がこの大陸にやってくる遥かな以前から岸壁に波を打ち寄せていた。二〇〇〇年前。いや二万年前。いや二〇万年前……？どっちみちすぐには見当もつかない遥かな太古から波濤はこの大陸に打ちつけていたのである。

たかだかほんの数十年前。ざっと考えて実用化されたのはせいぜい五〇年前。人間がつくったコンクリートでその岸壁を覆ったってそれで何年岩や土の壁を覆っていられるというのか。海に崖が削られていったらその分人間が後退していったらいいのではないか。これまでここに住む人たちがそうしてきたように、これからもまた……というようなことを考えているのではないか。と、ぼくは思ったのである。

ぼくの一番好きな本はレイチェル・カーソンの『われらをめぐる海』（早川書房）である。この本はぼくにとって正真正銘の座右の書というやつで、外国に長期の旅に出る時など必ず携えていく。なんというのだろうか。この本を読むと気持ちが安らぎ、そしてその逆に〝猛《たけ》る〟のである。ぼくにとってはとにかく不思議な力をもった本である。

『潮風の下で』（宝島社）はこのカーソンが『われら……』よりも前に出版した本であるが、日本では大分遅れて一九九三年に出版された。本国で出版されてから実に五〇年の歳月が経っている。

この本はアメリカのありふれたあちこちの海岸におけるすべての生き物たちの詳細にわたるきらめくような命のドラマが綴られている。〝地球と命〟ということを心のわきたつ思いで考えざるをえないような話がちりばめられている。これを読んだら、人間が海にコンクリートをはりめぐらす事のあられもない愚を思い知らされる。

サンタクルズの町の人々がそれがなにかのキマリゴトでもあるかのようにみんな毎日海を見にやってくるのは、この町の人々がみんな海が好きだからであり、海が好きなのはその海がいつも綺麗であるからではないか、とぼくは思った。

海が綺麗だからそこにずっといる、というのは、ラッコやオットセイや、それからその周辺にいる夥しい数の魚たち、そして海鳥たちについても同じことであろう。

そうしてもうひとつ、ぼくがその町にいる短い間に感じたのは、その町に住んでいる人々がみんなにこやかで屈託なく町を歩いている、ということであった。そんな人を見ているだけでそのいい気分が伝わってくる、というようなところがあった。

「いい人が多いんじゃないの」と、この町に三年程住んでいた息子に聞くと「落としたサイフがかえってくるくらい」と、笑っていた。

数年前、トロブリアンド諸島の人口一五〇〇人ほどの島に行った。マリノフスキーの『西太平洋の遠洋航海者』（中央公論社）にでてくる「クラの儀式」をもっと詳しく知りたかったからである。

その島の住人は、まだ南海の孤島そのものの生活をしており、男はフンドシ、女は腰蓑《こしみの》をつけている。住居は木と葉でつくった高床式のもので、集落の真ん中にはまだブタにまで進化していない「イノブタ」やニワトリや犬などが放し飼いになっていてその微妙な力関係のテリトリーを守っている。のどかではあるが都市の娯楽や刺激は一切ないむきだしの自然の風のなかで生きている人々がいた。彼らはそれなりの自分たちの生活を楽しんでいるように見えたが、タロイモやヤムイモを中心とした食生活は変化に乏しく、島という閉ざされた生活空間のなかで精神的な閉塞感をぼくはずっと感じていた。

その旅から日本に帰ってきた時のことである。なんだか自分の感覚がヘンだ、ということに気がついた。

家に帰ってきた時まず玄関の階段に目がいった。もう二〇年も見慣れている我が家の階段であったが、その日は普段気にもとめていないようなその階段の「角度」が非常に刺激的であった。何というか実にきっぱりとして鋭い「かくど」であった。

自分の仕事部屋に入ると正面の障子にすぐ目がいった。沢山の桟で囲まれた障子のマスが全部きちんと同じ大きさで並んでいるのにまず衝撃を受けた。胸がドキドキした。食事の支度ができて、自分の定席に着いた。座った正面の壁に色紙を入れた額が飾ってある。いつも見ているものだ。普段はそこに書かれている崩された文字を見るともなしに眺めていたが、その時はそんな文字よりも色紙の四角い形と、それが入っている丸い額に目がいった。その四角と丸の組み合わせがなんだか妙に強烈だった。

食事が済んで子どもたちの勉強部屋に行った。息子の乱雑に散らかった机の上に三角定規が転がっていた。その三角定規が実にまた刺激的であった。きっぱりした「直角」にしばし見惚れていた。寝るまえには頭の上の丸い蛍光灯に目がいった。その蛍光灯をとりかこむ四角い傘との組み合わせは、食事の時に見た色紙の四角と丸の組み合わせの丁度逆であることに気がつき、またもや胸が躍った。

翌日も同じように普段たいして気にもとめないようなものばかりに目がいった。電車のドアとドアの間の窓がたった二つしかない、ということに気がついたのもその時であった。

しかしその視覚の違和感は徐々に消えていった。ぼくはそんな思いがけない刺激的な風景を密かに楽しんでもいたので、そのことが少々寂しかった。同時にどうしてなのだろう？　ということも考えていた。

答えはわりあいすぐに見つかった。推論だが、たぶん間違いないだろうと思った。要は「視覚の慣れ」ではあるまいか。

家に帰る直前までいたところは大海に浮かぶ孤島なのであったが、ぼくがそこで毎日眺めていたものと関連があるように思ったのである。

その孤島でぼくが毎日見ていたのは空であった。そして流れていく雲がいつも気になった。海とその波も、常に見ていた。風に揺れる花や木や草。動き回る犬やニワトリやブタたち。そして人間たち。草むらにもぐりこんでいく蛇のしっぽ。クモの巣に捕えられてもがいている蝶。夜の星や月。毎日のように目の前にあった夜の焚き火。

そういうものを毎日眺めていた。そして分かったのだが、そういうぼくが日課のようにして眺めていたすべてのものは全部自然のものであった。科学や工業の関与しないまったくの自然界の図形であった。

自然のものというのは形が不定形である。別の言葉で言えば柔らかく、危うく、そしてぐにゃぐにゃしている。けれど自然界の造形というものは、たとえば毎日嫌になるほど見ていた海の波や、空いく雲や、風にふるえる草の葉など、それらが不定形である分とても目に柔らかい図形であった。きっちりした直線、直角、四角、真円、正三角、といったものはまったく存在しない。言い方を変えれば、自然のぐにゃぐにゃしたこれらの風景はとても目に優しい。視覚につながる人間の〝こころね〟。気持ちに優しい。

ああ、そうだったのかもしれないな、とぼくは思った。

その逆が都会に住んでいるぼくの日常生活で見ている毎日の風景なのである。

都市の文化生活というものは、たとえば今ぼくのまわり三、四メートルの空間を見回しただけでも部屋、窓、机、額、本棚、階段、ドア、酒の瓶、鉢、テレビ、エアコン、パソコン、ペン、ノート、時計、ポット、電話機、灰皿……。その殆どが直線と直角と四角と三角と真円の組み合わせである。

都市のビジネスの空間といったらまさにそればかりが視覚の中心を複雑に構成しているのだろう。ぼくはトロブリアンドのその島で、普段暮らしている世界とはまるで別な風景、別な視覚の世界に暮らしていたのである。そうしていきなりまたもとの視覚世界に戻ってきたのだった。

「視覚のウラシマタロウ現象」という言葉が頭の中に浮かんだ。

いろいろなことが分かってきたような気がした。例えばどうして職場に花を飾ろうとするのだろうか、というようなこと。あるいはどうして旅に出たくなるのだろうか、というようなこと。

〝文化生活〟という直角や三角や四角だらけの、視覚神経にぎすぎすして刺激の強過ぎる風景のなかにいると、人間はもっと心や気持ちに優しい風景を求めるようになるのではあるまいか。山や川や海や、その上に広がる空や風。そういうやわらかい風景を強烈に求めていくような気がするのである。だからせめて職場の窓から遠く流れる雲を眺め、机の上の花を眺め、気持ちのバランスをとろうとしているのではないか。

私達はくたびれると、温泉に行ってゆっくりいい湯につかり、美味しいものでも食べたいなあ、などと言うが、そのことの深層心理というのは、やはりくたびれた心のどこかが優しい風景を求めているのではあるまいか。温泉宿があるのは、山や海や川や草原などに隣接した風光明媚なところが多い。温泉に入って、美味しいものを食べる喜びもさることながら、そういう自然がしっかり残っている場所に行って、四角や三角や直線や直角の図形の希薄な、もっとぐにゃぐにゃした風景を眺めてぼんやりしていたい、という深層心理がそんなふうな行動を欲求しているのではないだろうか。

ぼくが自然破壊に通じる大規模な公共事業のプロジェクトにいつも抵抗意識をもつのも、そんな気持ちに起因しているのではないか、と思うのである。もう日本人は海、山、川をとことんまで壊し尽くしてきた。せめて今そこにある自然、辛うじて残されたやわらかい自然の風景を残しておかないと、次の世代の人たちにもう本当に申し訳がたたないのではないかと思うのである。

大日本スリッパ問題

南米の最南端からオーストラリアにまわり、太平洋を四角に囲むようなルートを行く長い旅から帰ってきたばかりである。日本から一番時間がかかるのはブラジルやチリ、アルゼンチンの先端あたりである。最近、こういう長距離ルートの旅がやたらに多い。いずれも飛行機に乗っているだけで三〇時間をこえる。

洗面用具。カメラ用具一式。雨着。小さな寝袋。ヘッドランプ。基本的な緊急薬。ビーチサンダル。常備しているこれらの旅用品に行き先に応じた服と読みたい本を一〇冊ほど足せば旅支度の八割が済む。最近は機内に持ち込む小さなザックに使い捨てのスリッパを入れておくようになった。

航空会社はビジネスクラス以上になるとその会社ごとに特徴のある小さなしゃれたバッグに入った「洗面道具セット」をくれるので、飛行機の中の歯磨きや洗面はもらったそれですますことにしている。この洗面道具セットで一番便利なのは日本の航空会社のものだ。その中にかならずスリッパが入っているからである。一〇時間前後のフライトになると上着や靴を脱いでリラックスした体勢になりたい。靴を脱いだあとトイレなどにいくのに便利なのがスリッパである。

けれど欧米系の飛行機でもらう洗面道具セットの中にスリッパはなく、いかにも使い捨てらしい靴下が入っている程度だ。欧米人はこの靴下をはいてトイレなどに行っている。足袋はだし、という言葉があるが、日本人にとっては靴下で飛行機の便所に行くというのはどうも抵抗がある。けっしてきれいとは思えない飛行機のトイレの床に「靴下はだし」でそのまま入って行くのである。まだ使用して間もない頃ならいいが、床が小便で濡れていたりしたら、と考えると面倒ながらわざわざいったん脱いだ靴を履いていくことになる。

だからスリッパがあるとまことに便利この上ない。どうして欧米系の航空会社はあの洗面道具セットにスリッパを入れないのだろうか。——しばらくの疑問であった。

あるとき成田空港のイミグレーションでおかしな外国人を見た。パスポートの色からみるとアメリカ人らしい男だったが、見るからにホテルのものとわかるゆかたタイプの寝巻を着て、スリッパを履いて通関しようとしているのだ。日本のイミグレーションに「ヘンテコな恰好をした人は通さない」などというきまりはないらしいから、ゆかたスリッパ男はそのまま待合室方向に消えていったが、当然ながらおおいに目立っていた。

おそらくその外国人ははじめて日本の伝統的な「キモノ」に触れて嬉しくなりその恰好で故国に帰ろうとシャレこんだのだろう。我々もエキゾチックな民族服の国に行ってそれを着るとなんだか嬉しくなり、人によってはそれを着たまま帰るようなことがあるからその「ゆかた男」の気持ちはわかる。ただし彼は日本人にとってゆかたとネマキは同類に近い存在である、ということを知らなかったのだろう。

それはいいとして、そのときぼくは彼の履いているスリッパ（それもホテルに備え付けのものらしい）がもっと気になった。そのアメリカゆかた男にとってホテルにそなえつけのスリッパも、ゆかたと同じくらい気に入ったものであったのだろう。その恰好でよくホテルをチェックアウトできたなあ、という疑問は残ったものの、「欧米人とスリッパ」という組み合わせは案外異質なものらしい、ということにその時いきなり気がついたのだ。以来、外国にいくたびにスリッパの存在に気をつけていたが、結論からいうと「見たことがない」のである。

スリッパは欧米人にとってゆかたと同じくらい「エキゾチック」なものらしい――というひとつの視点ができた。


広辞苑には「足を滑りこませてはく室内ばき」と簡単に書いてある。『英語語源辞典』（研究社）によるとスリッパという言葉の初出は一三九九年以前。ソック（sock＝短い靴下、sox は複数形）の語源となったソッカス（soccus）からきておりラテン語で軽い靴および喜劇を意味する、とある。『はきもの世界史』（日本はきもの博物館）でスリッパ形体のものを見ると一七―一八世紀のミュールというのがそれに近い。革に絹布を貼ったもの。銀糸のブレード飾り。ドーム型にたちあがる爪先と黒革を巻いたストレートヒールが特徴。イギリスのジョージ二世（一六八三―一七六〇）が着用、と説明にある。えらく高貴そうなものなのでこれをスリッパの祖先と見るにはいささかためらいがある。

形体だけでいえばエジプトのツタンカーメンが履いた革サンダルもそれに近く、金箔の模様入りである。現存する最古の履物でもあり、相手がツタンカーメンではジョージ二世も「まいりました」ということになるだろうが、しかしこのサンダルはやがて靴へと発展していく一群であり、ここで問題にするスリッパの祖先とはやや枝葉の幹が違うような気がする。

もっと平凡に平凡社の（ダジャレではないぞ）百科事典の解釈に従うと「スリッパは一四世紀頃からあったらしく、一般に室内履きとして使われていた革底のフラットなものだったが一七世紀の末に踵にヒールがつくようになった」と書いてある。

それならここではっきり「外を歩く靴ではなく室内で履くもの」という定義のもとにスリッパを語らなければならないだろう。

日本にスリッパが何時ごろ登場したかというのも諸説あるようだが、いろいろな本にもっとも多く語られているのが明治初期の文明開化期だ。鎖国が解かれ、外国人があちこちからやってきた。当時は寺などに外国人を泊めていたそうだが、日本の生活様式をよく理解できていない外国人は靴をはいたまま本堂に上がってきてしまうことも多く、受け入れる日本側は慌てたらしい。かといって慣れない下駄や草履を強引に履かせることもできず対応に困っていた。そのとき八重洲に住む仕立て職人の徳野利三郎という人が彼らの靴の上をくるむような履物を工夫して作り、それが日本のスリッパの原型になった、という話である（東京スリッパ工業協同組合沿革史より）。

これとは前後するが、当時日本で一番外国旅行を豊富に経験していた福沢諭吉が慶応三年（一八六七年）にこれから外国へ行く人のための手引書として執筆した『西洋衣食住』『西洋旅案内』で上沓《うわぐつ》（スリッパ）を紹介している。この本ははじめて海外旅行する人が手にすることが多い「地球の歩き方」シリーズの元祖のような本であったのかもしれない。

けれど、日本のスリッパはこうした外国の生活事情から入り込んできたのではなく、きわめて日本的な事情によってきわめて日本的に独自に発展したものではないか、という説があり、実はこれが大変に面白い。

『おまるから始まる道具学』（村瀬春樹著、平凡社新書）である。

著者は厠《かわや》下駄に目をつけた。今はめったに見ることはなくなったが、ぼくが子供の頃、和式便所に鼻緒のない下駄のようなものを置いてあるのを時々見た。水洗の西洋式便器の時代に移行していく段階でこの厠下駄は姿を消していったが、その一方で厠下駄とは別に男の小便用の俗にいうアサガオ専用の履物が残った。今でもちょっと凝った料理屋などでアサガオの左右に陶器製の巨大な履物があったりする。爪先のあたりを半ドーム型に覆っていて小便のしぶきが直接足にあたらないようになっている。

しかし大きくて重いセトモノ製であるからそれで歩くことはできない。永久に小便器に身を添わせた、歩けない〝お供〟というやや哀感のあるわき役（汚れ役ともいうか）なのである。形もスリッパそのものだが、日本におけるスリッパの位置づけも実はこの「便所」が重大なキーワードになっているのではないか、というのがこの本の鋭い指摘なのである。

著者は日本人の住居の床を家具ととらえる。日本人は床の上にじかにすわって仕事をしたり食事をしたり団欒の場としたり布団をしいて寝たりする。したがって床は常に清潔であらねばならないところである。この家具である床の上に上がるには履物を脱ぐ。足を洗う。

昔の便所は母屋とは別のところにあった。だからそこは履物をはいていく「外」である。やがて生活様式が変わって便所が家の中に組み込まれるようになった。家具である床続きの場所に「外」の概念である便所が入ってきたのである。清潔の区分をはっきりするために室内の厠下駄が必要になってきた。それが使い分けスリッパに発展していった——と説くのである。明快ではないか。

欧米人や中国人にとって家の床は「外」の延長、という感覚がつよいようだ。中国のレストランなどに行くと、みんな食べカスや魚の骨などを無造作に床に捨ててしまうので、びっくりしたことがある。田舎の食堂などにいくと、食堂の床に痰を吐いている人を見たことがある。

そういう生活様式からすると、日本人の住居とその生活感覚は世界でも稀というぐらい清潔である。その清潔な床を保持するためにスリッパが必需品になった、というのはなかなか説得力がある。

日本の家庭で急速にスリッパが使われるようになったのは畳とフローリングの折衷する住宅が一般的になった昭和四〇年代の団地ブームや新しい洋式住宅建築ブームあたりかららしい。畳の部屋は素足で、フローリングの台所や居間はスリッパを履いて、という使い分けのエリアがひろがってきた。家族個人個人のスリッパ。客用のスリッパ。さらに便所には便所専用のスリッパが必要になってきた。

かくして世界でも稀なスリッパだらけ、スリッパ文化の国になっていくのである。

『春の数えかた』(日高敏隆著、新潮文庫)の「スリッパ再論」にそのことが書いてある。再論であるからその前の文章をさがしたら全日空の海外向け機内誌『SKYWARD』に英文のエッセイが書いてあった。双方で書かれているスリッパ論は戦後日本の文化論にもなっていて実に面白い。

「日本人はスリッパを西洋の習慣と考えたがるけれど実のところスリッパは日本人によって日本風に適応されたものであり、数十年のあいだに驚くほど多様な形に進化してきた。たとえば高級スリッパというものがある。もっとも何がどう高級なのか今ひとつわからない。冬用スリッパ、夏用スリッパという季節ものスリッパがある。あるいは先のとんがったイタリア風スリッパ。藁で編んだ和風スリッパなどはスリッパが西洋のものであるという誤解をさらに強調する効果をもつ。デパートなどにいくとピエール・カルダンやランバンのスリッパも売っているが、こうしたフランス人デザイナーのスリッパをフランスではまったく見ないのでおそらく日本人のためだけにデザインしたものなのだろう」(『SKYWARD』より)

日高氏はさらに知人のフランス人のデザイナーがこうした日本のスリッパ文化を「衛生のため」だろうと解釈し、あとで「履物をあちこちで履き替えることによって自分がいまどこにいるかを認識するためだろう」というものに解釈を変えたという話を書いている。

「これがあたっているかどうかはぼくには分からないが、衛生のためという解釈はおそらく的はずれだろう」と日高氏は書いている。ここでぼくはおおいに我が意をえたような気分になった。

日本の温泉旅館などに泊まるときに玄関先にズラリと並んだスリッパを見るとゲンナリする。温泉に入って汗を流し、体中を洗って浴衣に着替えてさっぱりしたあとに素足でスリッパを履く。温泉の入り口には同じ色と形のスリッパが乱雑に散らばっていて、さっき自分が履いてきたのと違う誰が履いてきたのかわからないのを履いて部屋に戻る。しかしさっき履いてきたのを履こうが違うのを履こうが意味は同じなのである。

どっちにせよどこのおとっつぁんが何万人履いたのかわからないようなバイキンだらけのスリッパなのである。

さらにスリッパはそれがあることによってかえって非衛生な状況をつくってしまっている、という例がいろいろあるようだ。

例えば病院の場合がそうだろう。温泉宿とちがって病院では素足でスリッパを履くということはあまりないだろうからまだなんとかガードできるが、習慣としての日本的スリッパ文化が問題になるひとつの例だろう。

スリッパは足を床に擦りつけて歩くようなかたちになるので、歩くときの恰好はどうしても颯爽というのにはほど遠い。病人の多い病院は颯爽としていなくてもいいかもしれないが、学校や公民館などでもまだスリッパや上履きに履き替えるところが多く、運動靴の踵を踏みつぶしたものをペタペタひきずっている生徒の集団などはいかにも日本的な風景だ。上靴やスリッパに履き替えるようになっているると人数分の靴箱がいるのでその設備もスペースも必要となる。上足、下足という昔からの考え方と現代の実際の生活の仕組みのズレがこうした時代錯誤の風景を生んでいるのだろう。

『スリッパの法則——プロの投資家が教える「伸びる会社・ダメな会社」の見分け方』（藤野英人著、ＰＨＰ研究所）というこれもまた面白いタイトルの本があり、そのとおりスリッパに履き替える会社に投資しても儲からない、ということが書いてある。古い体質の問屋さんなどにこうした会社があるようだが、社員が会社にきて靴を脱ぎ、個人的にサンダルやスリッパに履き替える会社というのもまだけっこうあるようだ。

水虫の痒いおとーさんなどがよくそういうことをしており、昔ぼくが勤めていた零細企業がまさにそうだった。昼のめしの時間などにスーツにサンダル姿のおとーさんが連れ立ってツマ楊枝シーハーシーハーさせて歩いている姿を見ると、たしかにこの会社はこれからもあまり成長していかないのだろうなあ、という強い説得力がその風景にあった。

イルミネーション・ニッポン

前に、自動販売機のことについて思うところを少々書いたのだが、この機械について関心をもったそもそもは我が町の「ある四つ角」であった。

ぼくは普段殆どクルマを運転して移動しているのだが、通い慣れたルートにその四つ角がある。たいして広い道ではないが住宅地の中で信号はなく、見通しがとても悪い。夜更けなどにここを通過する時、必ずヒヤッとするのである。車の気配はまったくないと思って通過するのだが、いつもいきなり右側からクルマがすっ飛んでくるような気がする。

理由は自動販売機である。右の角に何台かの自動販売機が並んでいるのだが、その自動販売機から発する光が異常に強く、さらにその中の光が無意味に回転なぞしているのである。分かっていてもいつもそっちからいきなりクルマがやってくるような気がして、この四つ角は精神に非常によくない。

そのあたりは道路の全体がその何台かの自動販売機の照明ですっかり明るく、向かい側の何軒かの家の窓にまでその光が届いている。だからその家は一晩中外から照明されていることになる。

よくあれで我慢しているものだ、と思うのだが、まあよそのヒトのことであるし、こうして夜も明るく照明してくれるから明るくて安全で嬉しい、と思っているヒトもいるであろう。したがってまあそれだけの話なのだが、もしその家に自分が住んでいたら夜な夜な相当にイラついてしまうことだろう、と思った。

そんな思いで見渡してみると今、日本の道や街角のあっちこっちには必要以上に明るすぎる自動販売機がまんべんなく密集している。そこで一日中消費されている電力量は相当なものだろう。

けれど日本という国は、この一晩中煌々《こうこう》と輝いている自動販売機が気にならないくらいその回りの街の灯がさらに十分明るいのだ。

夜遅くまでやっているいろんな店のいろんな光、街灯の光、走り過ぎていく車のヘッドライト、遠くのビルの光、看板の光、ちかごろは空に向かってレーザー光線を一晩中ふりまわしているラブホテル——なんて意味のわからない光もある。

都会の盛り場などに行くと「昼よりも明るい」という形容が大袈裟でないくらいの強引なまぶしさを感じる。地方都市に行っても巨大パチンコ屋の爆発しているような強烈な光の固まりにたじろいでしまう。

一九八〇年頃のことだが、大阪から上海に行ったことがある。初めての中国旅行であった。当時は国交回復間もない頃で個人旅行は許されてはおらず、一〇人ほどの団体旅行にまざりこんだ。

出発前に日本の酒をしっかり飲んでおこう、という作戦もあって十三《じゅうそう》という盛り場でビールなど飲んでいった。そしてすぐ翌日が上海である。

空港の暗さに驚いた。最初は停電になっていて非常用のランプがついているのか、と本気で思ったほどである。間もなくそれが中国国際空港における正常な照明の明るさだということがわかった。前の晩に十三というとびぬけて明るい盛り場にいた、ということも関係しているのだろうが、それにしても上海の空港は暗かった。

その暗い照明の下でごく普通に新聞を読んでいる中国人にも驚いた。

その時の旅は敦煌《とんこう》に向かうかなり長時間の列車移動であったが、一泊した上海の街も、そのあと目にしていく敦煌までの車窓から見る町や家の灯《あかり》もことごとくぼんやりと暗かった。しかしその暗さにぼくは急速に慣れていき、しばらくすると夜のあかりは少し薄暗く感じるくらいのほうが神経や気持の平安によいようだ、と思うようになった。

昼間、広大なゴビ砂漠をのったりのったり走っていくと向こうの丘の上に羊を追っている少年が列車に手をふっているのが見えたりする。中国人のガイドに聞くと、その少年の家はおそらくそこから半日ぐらい歩いたところにあって、彼はああして一日一本通過するこの長距離列車を見るためにここまで羊と一緒にやってきたのです――などというのでさらにまた驚いたりした。やがて蘭州というところで一泊した。家の灯はどこもぼんやりと赤黒く、空は常に黒くて大きかった。この時の旅の、我ながら信じられないくらいゆったりとした気持の余裕がいまだに懐かしい。そのやすらいだ気持を維持してくれたひとつが夜毎の柔らかい静かなあかりだったのではないかと思っている。

一一年ぶりに上海に行ったのだが、空港はごくごく普通に明るく、町も高層ビルが林立していて、そのむかし感じた濃厚な闇の暗さというものはもうどこにもなかった。自動販売機の群落こそなかったが、街の照明も日本と殆ど同じで、ファーストフードの店なども並んでいて、東京の夜のそれと変わらない。

高層ビルは日本よりも高い八八階建てで高さ四二〇メートルなどというものもある。揚子江に沿ったビル街は夜ともなるとみんな美しくライトアップされて、憎いくらいの演出である。近代都市の光景という意味ではすでに日本のそれを凌駕《りようが》しているように思った。

ところが通訳に聞いた話だが、建築中のビルの上のほうでときおり揺れる火が見えたりするというのだ。

「現場の作業員がそこで焚き火をやっているんですよ。かれらは仕事が終わっても地上には降りず、そこで寝泊まりしていています。その煮炊きしている焚き火が見えるんです」

日本の高層ビル建築ではおよそ考えられない、中国ならではの楽しい話であり、それを聞いて漸く少しホッとした。そして近代都市づくりと焚き火、という組み合わせに、その時ぼくはなにかとても懐かしいやすらぎを感じたのだった。

『ビーグル号航海記』(チャールズ・ダーウィン著、岩波文庫)の中でぼくがとりわけ感動したのは、パタゴニアのビーグル水道のティエルラ・デル・フェゴ島でヤーガン族の焚き火の火を見るところである。そこから〝火の島フェゴ〟と呼ばれるようになったということだが、その後ぼくも同じ所を旅してやはりフェゴ島で火を見た。勿論ダーウィンが見た頃のようなヤーガン族が裸で漁をしてその暖をとるための火というわけではなく、それは数年前から採掘の始まった油田の火なのであった。

フェゴ島は数百年の時をへだてていまでも火の島であったという訳だが、同じ火であっても昔と今のそれは火の内容がまったく違うものになっているのが興味深かった。

フェゴ島は九州よりも大きな島だが、いまだに町というものはない。だから夜の闇はダーウィンの頃の昔もそして今もたいして変わっていないはずである。だからダーウィンらが見た焚き火の火と、二〇世紀最大のエネルギーである石油の火と、遠くから見たかんじではたいして変わりはないのではなかったか、とそのときその現場で思ったものだ。

上海の近未来都市そのもののような高層ビルの暗い闇の途中で燃えている焚き火というものをぜひこの目で見たいものだ、と思ったのは、なぜかそういうことを唐突に思いだしてしまったからである。

話は少し変わるが『ナショナル・ジオグラフィック』一九九六年一一月号の「宇宙飛行士の見た地球」という特集記事を見て、ぼくはだいぶショックを受けた。予想以上に損壊しているアマゾン河や荒れ地の拡大していく砂漠の姿にも驚いたが、それよりも、夜の地球では日本がまんべんなく一番明るかった、という記述にいささか愕然としたのである。

一定地域の明るさではアメリカやカナダなどの北米大陸の都市の明るさが目立っているが、日本はそのまんべんなくつらなっている灯で日本列島の輪郭がわかるくらいだというのである。

アメリカやカナダのいくつかの都市がいかに明るくても、広大な国土であるから国全体の比率からいったらごく一部が明るいのにすぎない。すなわち行くところに行けばまだ広大な普通の夜の闇の世界が彼の国にはいくらでもあるのだ。

しかし狭い日本はそのくっつきあった街と街がみんな「これでもか！」とばかりとことんまで光を発散しているものだから、日本列島がそっくり列島の形で全身イルミネーション化しているのである。

なんだかこれはすこぶる恥ずかしいような気がする。もし幾多のマンガや映画で語られてきたように、この宇宙のどこかに地球侵略をもくろむ悪い宇宙人がいて、その地球攻撃の夜（攻撃は大抵夜である）接近してきて最初に狙う場所はイルミネーション化していてよく目立つ日本で決まりであろう。

そんな気分で隣の朝鮮半島を見ると、見事に三八度線を境にしてジュニア日本のように輝く韓国と、真っ暗な北朝鮮の不気味な対比があった。

夜の地球で一番明るい国というのはいったいなんなのであろうか。

考えてみると文明の進捗度合いと夜の明るさというのはそのまま比例しているようだ。

東南アジアの開発途上国の夜というのは、どこでもたじろぐほどに暗い。街の通りもそうだし店の中、ホテルの中、ベッドサイドの灯まで暗い。田舎の村などに行ったら夜の闇の中にまたさらにねっとりした闇の濃度があるのがわかるくらいだ。南インドのマドラスではあまり暑いので道端で人々が寝ている。色の真っ黒な人々なので手探るようにして道を歩いてきて、何度も寝ている人にぶつかってしまったという体験がある。そういう妥協のない本当の闇の夜をもっている国のほうが世界にはまだ断然多いようだ。

けれどこういう国もやがて経済力がついてくるとあの上海の夜のようにみんな明るくなってきてしまうのだろうか。

逆にいえば、今この夜空に光輝く（地球を代表するイルミネーションのような）日本というのは、とことんまで成長してきた文化と経済を誇る先進国のあるべきひとつの姿である——と考えていいのだろうか。

ぼくの尊敬する本（妙な言いかただが）のひとつに『夜は暗くてはいけないか——暗さの文化論』（乾正雄著、朝日選書）がある。折りにふれて読み返す本である。

この本でぼくはヨーロッパ人とアジアの人々の思考の違いの基本や、いうところのビヘイビアの存立基盤というものを自分なりに理解できたような気がした。浅学早トチリの人生であったから、著者の指摘するものとまったく取り違えてひとりで納得しているだけなのかもしれないが、それでも少なくともこの本でぼくは沢山の新たな思考のきっかけを与えてもらったのだ。

たとえばなぜヨーロッパの人はゆったりと「静」のいずまいを保ち、アジアの人はおしなべてせせこましく「動」の生活感覚をもっているのか。

世界のいろんな国の人に比べてなぜ日本人は天気予報に異常に関心をもつのだろうか。

あるいはなぜ時々旅館の畳の部屋にいくと安心したような気持ちになるのだろうか。

なぜぼくは自動販売機の必要以上の光の強さに苛立つのだろうか。

……そういうことの様々をこの本はやさしく解いてくれた（ような気がする）。

同じような興味や疑問のある方はその本『夜は……』を読んでいただくとして、ここで問いたいのは、この明るすぎる日本の夜がはたしてスゴイのかバカなのか、というとりあえずの問題である。

この本は対比する文化を家のつくりと灯の変遷でわかりやすく説いてくれる。

簡単に対比すると、

〔西欧〕石の家――穴を穿《うが》つような窓――長い期間の居住――暗さの中にある種の価値を見いだす文化（宗教など）――ゆったりとした照明器具の変遷。

〔日本〕木と紙の家――塞ぎ覆っていってつくる窓――短い居住期間、変わりやすい居住スタイル（西洋化）――目まぐるしく変わった照明器具、流行好きと画一化の速さ。

同書は冒頭まもなく谷崎潤一郎の『陰翳礼讃《いんえいらいさん》』に触れ、日本座敷の素晴らしさを論じている。

「「われ〲は、それでなくても太陽の光線の這入りにくい座敷の外側へ、土庇《どびさし》を出したり縁側を附けたりして一層日光を遠のける。そして室内へは、庭からの反射が障子を透してほの明るく忍び込むやうにする。」しかも、その弱い光が「しんみり落ち着いて座敷の壁へ沁み込むやうに、わざと調子の弱い色の砂壁を塗る。」」

どういうわけか谷崎は畳のことをいわないが、座敷における畳は光の動きを支配する大きな要因である。いくら暗いのがいいとはいっても、畳まで黒っぽかったら座敷は実用にならない。天井の木張りも黒ずみ、砂壁も沈んだ色合いだけれども、畳は、新しければよけいのこと、たいへん白みが強い黄緑色だ。障子で拡散された外光は、主として畳に反射して上に向かう。天井や壁には光をはねかえす力はほとんどない。通常の常識では、光は上から下へ注ぐのがふつうだろうが、日本座敷では光は下から上へ溢れ出るのである」（同書より）

そして筆者は江戸時代における日本座敷の夜の燭台や行灯《あんどん》の光も同じように下から上へのベクトルになっていると説明している。だから燭台や行灯がすたれたあとを追って畳の部屋もすたれた。すくなくとも燭台と行灯が滅びたとき、畳の部屋の夜の世界は格段につまらなくなったはずだ、と語っていくのである。

江戸時代の行灯の生活が実際どんなものであったか『大江戸生活体験事情』（石川英輔、田中優子共著、講談社）に著者二人の実際の体験が語られている。

江戸時代の行灯は小皿にいれた油を藺草《いぐさ》を灯芯にして燃やす。これを真っ暗な部屋でつけた筆者は「あきれるほど暗い」とまず感想をのべている。ルックスで計算すると、六〇ワットの電球の明るさに匹敵させるためにはこの行灯を一〇〇個ならべなければならない、という。

田中優子さんはこの行灯の光で針仕事をしてみる。こういう細かい仕事をするときは昔の人は行灯の引き戸を開けて裸火をじかの光源にする。そうしてやってみると気持ちが集中するからか、さほどの不便は感じなかったという。ただし針を落としてしまったときは、とうとう行灯の光ではみつけることができなかった。

さらに田中さんは行灯の光で浮世絵を見る。豊国、歌麿、春信の三人の浮世絵であった。値段が高かったわりにあまり気をひかなかった歌麿の絵に驚いた、という。

「雪の降りしきる中を芸者とお供が歩いている図柄なのだが、空のグラデーションの中を本当に雪が降っていて、まるで吸い込まれそうだ。足もとにわずかな雲母摺《きらず》りがされていたことに今まで気づかなかった。それが本当に積もっているように浮き上がって見える」（同書より）

昔の行灯の横で語った恋人たちの話はきっとどきどきするほど官能的だったのであろう。行灯はその暗さによってかえって人の注意力、集中力が増し、味わいが深くなるという。本を読む時も同じだろう。行灯の一番見やすい場所で誰かが本を声にだして読み、部屋のみんなはそれをあきれるほど暗い部屋でしずかに聞いていたのであろう。今になってみるとそういう状況が日常的に存在した時代というのはとても贅沢であったように思う。

外に出ると、街灯のない夜は星がうるさい程に輝いていただろう。星あかりで手紙の文字を読む、という江戸時代の小説を思い出した。新月になると文字通り鼻をつままれても分からない漆黒の闇になっていたはずだ。その闇は妖怪や魑魅魍魎《ちみもうりょう》が好きなように徘徊できるもうひとつの豊穣の世界だ。そこを信じられないくらい弱々しい灯の提灯が動いていく。

だから満月の夜はつくづく空を見上げてその強烈なあかりに酔いしれたい、と思ったのであろう。団子を飾って月に感謝をささげたかったであろう。月の光をあびながら人々はそれぞれが静かに何かを思ったのだろう。自分の身の行く末を、好きなひとの安否を……。静かに想う時間とそういう思考を促す夜の闇と明るさのきわだった濃淡があったのだろう。

思えばそういうものを「成熟した文化」というのではないだろうか。

油の火→蠟燭→石油ランプ→ガス灯→白熱電球と生活光源の発達は浸透時期こそちがえども欧米も日本も同じ順序をたどっている。

しかし欧米と日本のそれで決定的に違ったのはその後入ってきた蛍光灯への対応であった、と先の『夜は暗くてはいけないか』では問うている。

一言でいうと蛍光灯以前の光源には生活の歴史的な流れの関連性がある。蛍光灯は光の質においてもその照明器具のスタイルにおいても、欧米の人々の暮らしの感覚からはかなり違ったものであった。けれど急速な「和」から「洋」への居住環境の変化や生活ぶりの転換のなかで日本人にはこの〝蛍光灯〟が〝流れの分断〟という意味においてもうまく機能し、融和した——と。

なるほどなあ、とぼくも大いにうなずくのである。いろいろな国の照明装置を見ると、文化レベルの進んだ国ほど個人的な場所では、照明は間接的、部分的になり、光源も白熱電灯系が多いようだ。オフィスでもアメリカなどは蛍光灯を剝き出しにするところは少なく、光を拡散するカバーをつけているところが多い。

しかし目下の日本はとにかくより強くよりはっきり、というのが主流で、蛍光灯などは剝き出しの、その主力である。

しかしどうもあの蛍光灯というのは、あまりにもあられもなく明るすぎる、のではあるまいか。なにもかもそんなにいつもどこも目いっぱい明るくギラギラにしていることはないのではないか、と時折強烈に思う。コンビニエンスストアなどに行った時、何もここまでいたるところ、まるで手術室みたいに影もでないくらいに明るくすることはないではないか、と思うのである。

電車の中でもそうだ。レストランも明るすぎる。凄い美人、と思って一緒にはいった店でテーブルに向かい合わせ、ひそかに落胆したこともある。もっともむこうもそうであろう。

せんだって韓国に行ったとき、不夜城といわれる一角で物凄いかの国の人々のエネルギーを見た。その一角は大小様々な店が並んでいて、そこへ全国からの商売人が品物を仕入れに来るのである。朝まで祭りのような騒ぎが続いているのだ。ここでも何万本という剝き出しの蛍光灯で「昼より明るい」街がつくられており、その光に負けないくらい、それを煽るような、もう狂気に近いようなバクレツ状の音楽が街中に響きわたっていた。

「日本より凄いでしょう」と同行の韓国人は自慢げに言っていたが、有り難いことに日本にはもうこのようなやみくもなエネルギーはなくなっている。しかし上海にはこれからこのような不夜城ができるかも知れない、と思った。

イルミネーション日本ではあるが、実のところ、その明るさにはひと頃のような元気はない。このままどんどん元気をなくしていって、状況により、あるいは機をとらえて、やがてじわじわと明るさの濃淡を選べるような暗さを意識した〝あかりの文化〟にいつか変化していってくれたらいいのだがなあ、と思っているのであるが……。

素晴らしい苦痛、極限の旅

一九八四年の冬と翌年の夏、三カ月かけてシベリアを横断した。同じ場所で冬はマイナス五九度、夏はプラス三五度という極端な温度差の世界を歩いた。井上靖著の『おろしや国酔夢譚』（文藝春秋）のテレビドキュメンタリー化に伴う仕事だった。

放映時間五時間にわたるシベリア横断のドキュメンタリーは、大黒屋光太夫《こうだゆう》という日本人の船乗りとその一七人の仲間たちの一〇年間にわたるシベリア流浪の足跡を丹念に追っていく、というものだった。

一七人の日本人は天明二年（一七八二年）に伊勢の白子を船出して、そのままアリューシャン列島のアムチトカという島に流され、カムチャツカを経てシベリアへ渡り、そこを横断している。その間に次々と飢えや凍傷で仲間たちは死に、あるいはロシアに帰化し、一〇年後に日本に帰ってきたのはわずか三人だった。

この男たちの跡を追う三カ月がかりの旅はまず彼らが最初に漂着したアムチトカという島からはじまった。この島でぼくは人間の強さとか〝慟哭《どうこく》〟というすさまじい心の中の問題の片鱗にすこしだけ触れることができたかもしれない、と思った。

アムチトカというのはとにかくすさまじい島だった。アリューシャンの荒浪と北からの烈風に絶えずさらされているので、島にはエンピツより太い木は一本も生えていないのだ。

『おろしや国酔夢譚』の原本は『北槎聞略《ほくさぶんりやく》』（桂川甫周著、亀井高孝・村山七郎解説、吉川弘文館）で、それは日本に帰国した大黒屋光太夫が語った、一〇年間の漂流体験聞き書きの書である。そこには、アムチトカのことがこんなふうに書かれている。

「此島の人は皆穴居《あなすまひ》也。さて此処にて菜の如きものを与《あた》ふ。後に見れば海辺の石上に生きる草の葉を煎じたるなり。兎角する内に日もたけ空腹になりける故、口を指さし腹をたたきて見せれば、一尺計《ばかり》なる魚を草に裹《つつ》みて潮蒸《うしほむし》にしたるを、戸板のごとき盤《ぜん》にすゑ、何やらん白酒のごとき汁を木の鉢にもり、木の匕《さじ》を添《そへ》て与へける。此魚はスタチキイとてあいなめの類なり。汁はサラナといふ。即《すなは》ち、黒百合《くろゆり》の根を水にて煮、搗爛《つきただら》し、水にてゆるめたるものなり」

一七人の日本人船乗りたちはこの島に四年間いた。その間、かれらの常食というのは、このあいなめの塩蒸しと黒百合の根の汁だった。あとはわずかの貝やウニのたぐいで、この北の果ての荒涼とした孤島ではほかの食べ物を手に入れることができないのである。

四年のあいだにこの島で飢えや寒さで八人の仲間が死んでいる。

大黒屋光太夫らが漂着した当時、この地の果ての苦界のような島に、『北槎聞略』の表現でいうと獣か鬼かと思われるような恰好をした現地人が住んでいた。そしていま二〇〇年後に訪れたこの島はアメリカの水爆実験の島として鳥のほかは住む動物もいない風の叫ぶ島だった。ぼくはここで七人の男たちとテントを張り五日間ほど滞在した。そして日本人漂流者が住んでいたとみられる海岸や丘を歩いた。

五月というのにいたるところに雪が残り、一日中烈風が吹きすさぶこの島はまさに死の島だった。ここに、日本人があいなめと黒百合の汁を食って四年間も暮らしていた、という事実は、現場を歩いてみるとまさに重い迫力をもって我々の体にのしかかってきた。

人間はこんなところでも生きていくことができるのだ！　という驚愕と畏敬である。

日本人漂流者たちは四年間のうち、最後の一年を、この島を脱出するために流木から船をつくる、という仕事についやした。それは日本人漂流者たちとは別の理由でこの島に閉じこめられた何人かのロシア人たちと協力して行なった造船工事だった。

船をつくり、脱出したと見られる島の西側の湾に行ってみて妙な感動を味わった。そこには沢山の流木が折り重なっていたからである。流木は巨大なものが多く長さ一〇メートル、直径七、八〇センチというような木もざらにあった。本を読んだときに、流木から船をつくる、ということがすこし現実離れしているようであまりピンとこなかったのだが、現場を見て、これだけのものが流れてきているのだったらそれも大いに可能だろう、とはげしく納得したのである。

島田覚夫の『私は魔境に生きた』（ヒューマンドキュメント社）は漂流とはまた違った、どうしようもない〝時代の暴力〟といったものに翻弄され、極限状況に追い込まれた男たちの記録である。

この本はサブタイトルに「終戦も知らずニューギニアの山奥で原始生活十年」とあるように、通例のジャンルでいえば戦記ものなのだが、同時にこれはすぐれたサバイバル・ドキュメントの書でもあるのだ。

昭和一八年、東部ニューギニアはアメリカおよびオーストラリア連合軍の絶対優勢な攻撃下に入っていた。ブーツに上陸した著者らは間もなく友軍の輸送を絶たれ、退路も絶たれてしまう。十数万人におよぶ日本軍将兵の悲劇がはじまったのだ。

戦況著しく悪化のため、多くの部隊が後方基地に撤退を開始したが、撤退途中で後方基地が敵の手におちた。前後を絶たれ、指揮系統を失った将兵の多くは、疲労と飢えで次々に倒れていった。

この感動的な物語は、そうした生死を境にした状況の中で数人の男たちがニューギニアのジャングルの中にもぐり込み、以後一〇年間、山の中での自給自足生活をしてきた壮絶な記録である。

一九八四年にぼくはニューギニアの山の中を歩いたことがある。緑の魔境というけれど、本当に密林の奥にすこし入り込んだだけですぐに方角を失い、地元のガイドがいなかったら絶対に戻れないような気がした。

このとき、むきだしの太陽に照らされて、うるさいほどにくっきりと、陽のあたるところと樹の影との境界ができていて、ちょっとぼんやり見ていると、どぎつい白と黒のモノクロムトーンの世界に迷いこんだような気にもなった。

この『私は魔境に生きた』を読んだとき、ぼくはまずこの強烈すぎる光と影の光景を思いうかべた。同時に口の中が条件反射的にすこし乾いてくるような気がした。

あんな山奥に一〇年ももぐり込んでいたら日本人としての思考の基本とか情緒の感覚が破壊され、人格的におかしくなってしまうのではないか、と思った。

しかし、もともと戦争という大きな極限状況の中に放り込まれてしまっている著者たちは、我々のように、戦後のやわで平和な世界を生きてきたものには到底理解できないような強靭《きようじん》な対応力と闘魂を持っているのだな、ということが、読みすすむうちにわかってくる。

前半はとにかくやたらに人が死んでいくのだ。戦争だから仕方がないのだろうとは思っても、こう簡単に飢えや疲労で人の命が絶たれていく、というのは、この著者の筆致が淡々としているぶんだけおそろしい。

筆者のグループも最初は八七名の行軍部隊だった。それがジャングル奥深くさまようちにやがて三十数名となり二十数名となっていく。川に流され、力尽きて倒れ、道に迷って別れ別れになる、というふうに、しだいにそれは〝死の行軍〟という様相になっていくのだが、一カ月後、いよいよ山の中での籠城を覚悟したとき、総人員は一七人になっていた。

「明日からはもう歩かなくていいんだ。何をさておいて、この安堵感が私達の気持を和らげてくれた。昭和一九年六月一七日。誰知ろう今日此の日こそ、密林生活一〇年の始まりだったのである」

この一文を読んだとき、ぼくには何か意味不明の感懐があった。昭和一九年六月一七日というのは、ぼくが生まれてちょうど三日目なのだ。

一九八六年の夏、ぼくの義母が死んだ。妻の母である。妻の父は中国で死んでいる。濁流に流された戦友を助けようとそこに飛び込み、そのままかえることがなかったのだ。義母は一人娘をかかえて命からがら大陸から引き揚げ、苦労してその娘（私の妻）を育てた。こうした悲しい〝人と心の歴史〟を背負って、義母はその後の平和ニッポンの中で、常に怒りを体の内に秘め、平和運動に残りの人生を費やした。

母が逝ってから、ぼくは以前とは違った、もっと本格的に腹の底にズンとくるような落ち着いた気持ちで「日本人の戦争」ということについて、真剣に考え込んでしまった。そしてなにか考えるべき方向がうまく見つからないまま書店にでかけ、戦記ものの棚を眺めているうちにこの本を手にした――というわけなのである。

だから最初は、故郷を遠く離れた土地で死んでいったわれらの父たちのことをもっと知りたい、という、すこし重い気分で読みだしていったのだが、この本は途中から思いがけずがぜん面白くなってしまった。

ジャングルの中に籠城してからも敵の山狩りに遭ったりしてどんどん戦友たちが死んでいっているので「面白い」などというのは不謹慎なのだが、しかし話が進展するうちに「うーん、これはナミの小説などよりはるかに面白い!」と唸ってしまったのだからその通り書くしかない。

なによりもいいのは、この筆者が、基本的に明るい性格のようで、戦友たちがどんどん少なくなっていく中で、いつまでもいたずらにその死にこだわったり、戦争そのものに怒りや疑問をぶつけたり、ということはせず、じつにまったく屈託なく、「人間が生きていくということ」に最大の焦点をあわせている、という点である。

それはどういうことか。早くいえば、明日生きていくために何を食うか、ということである。よく考えてみるとこの本の一〇年間の記録は「何をどう食うか」というテーマに終始しており、実にこれは本物の密林内における集団サバイバル教本という側面も持っているのだ。

ぼくは最初この本を眺め、この目で見たニューギニアの、およそヒトの感情を空虚化してしまうような密林の風景を思いうかべ、本当によく一〇年間正気のまま生き残れたものだ、と思ったのだが、読んでみてすこし納得できるような気がした。

筆者たちの一〇年間の生活は、明日何を食うか、という大命題に支えられていたのだ。それを知ってああ本当にムキダシの人間になっていたんだなあ、それだから生きてこられたのだなあ、と改めて感心した。

二〇〇年前にアムチトカ島に漂着した一七人の日本人漂民は、粗末きわまりないけれど、食べる、ということは保障されていた。そして日本人漂民は、自分たちで船をつくって脱出する、ということに精神と生をつないだのである。

しかし「魔境」の島田さんたちは敵に囲まれ、脱出ということが不可能な世界にいた。考えてみるとアムチトカの日本人漂民よりもこれはもっと精神的に苛酷な背景であったかもしれない。月日がすすむにつれてどんどん仲間が倒れていく、というところもアムチトカの漂民たちと似ている。

〝緑の魔境〟の男たちはやがて八人になってしまう。三年たち、五年たっても山の中で、どうやって食物を得、人間的な生活をしていくか、という問題からは逃れられない。

アムチトカからシベリアに渡った日本人漂民たちはニジネカムチャツカでマイナス五〇度の極寒に閉じ込められる。絶望的な食糧不足に見舞われ漂民たちは、桜の木の甘皮まで口にしなければならなくなる。ここでまた仲間の二人が死んでいく。

〝緑の魔境〟の男たちは蛇やトカゲ、イモムシ、ムカデと、口にできるものはなんでも食っていく。しかし彼らにとってすこしラッキーだったのは、ジャングルの中に日本軍の食糧集積所があったことだ。そこはすでに敵の監視下にあるのだが、夜陰にまぎれてしのびこみ、米や乾パンや粉醤油といったものを奪取してくることができた、ということだろう。しかしそれもごくわずかの期間だけで、結局は自分たちで見つけだしていかなければならない。

乏しい武器弾薬、生活用具用品、これらを駆使し、時計のゼンマイからカミソリをつくり、乾パンの袋で服をつくり、ガラクタを集めてフイゴをつくるなど、ときわめて骨太のサバイバル実践が語られていく。

マッチをそっくり使い切り、火縄による火種をつくって何日も消さないようにする、というタネ火作戦をとるが、雨もあり風もある山の中ではあまり長続きしない。そこでメガネのレンズによる太陽光線の発火作戦を試みるが、彼らが手に入れたメガネはとんだダテメガネの凹レンズで太陽の焦点をむすべないのだ。そこでいろいろ研究の結果、レンズのへこんだ部分に水を入れて凸レンズにし、ついに成功、などというエピソードを読むと思わず拍手をしたくなってくるほどだ。

しかしそれにしても食いものの話がとにかく連続する。これを読むとジャングルの中というのは何かいろんな食物がころがっていそうだが、実際にそうそうたやすく口にできる物は少ないのだ、ということがよくわかる。

ニューギニアの山奥を見たあと、ぼくは同じくニューギニアのトロブリアンド諸島にあるキタバ島という人口三〇〇人ぐらいの島でしばらく暮らしたことがある。このとき、ぼくも熱帯の孤島の食生活というのを体験したが、食うものはタロイモとヤムイモと煮たバナナの三種類だけだった。御馳走はたまに獲ってくる鮫の肉ぐらいなのだ。

山の中だったらこれがもっと厳しくなるのだろう、ということはぼくにも想像できた。

小銃と乏しい弾を使って火喰い鳥を撃ち、これをコーフンしながら料理する、という場面が楽しい。火喰い鳥というのは小豚ほどもある巨大な鳥で、こいつを何時間もかけて解体するのだ。久しぶりの肉に気持ちが上ずり、死ぬほど食う。食うことだけがよろこびの人生は悲しいけれど、でもこの魔境のいちずな人間たちの姿は常に感動的だ。

ジャングルでの生活が永くなるとバナナやパイナップルやタピオカなどを栽培し、山豚を飼育する、などちょっとした農園をつくっていくようになる。しかし塩不足に苦しみ、日本へ帰って塩をどっさり持ってまたそこに帰ってくる夢を見る、という話など、しみじみする記述も多い。

この魔境の男たちも最後は四人になってしまう。昭和二九年に日本に帰国。島田さんは一九九五年に亡くなられたようだ。

酔狂なグルメ礼讃時代、ファッション的サバイバルごっこ全盛の時代に、この島田覚夫さんの、ずっしりと重い骨太痛快戦記が沢山売れるといいのだが、とつくづく思う。

沢山のロビンソン

もっとも過酷な〝辺境の食卓〟は漂流者などがたどりついた無人島の生活の日々であろう。

無人島の生活、で誰もが真っ先に思い浮かべるのはダニエル・デフォーの『ロビンソン・クルーソー』の物語であろうし、これほど世界中の子どもたちが胸を躍らせて読んだ冒険物語はないだろう。

デフォーのこの小説が一七〇四年から一七〇九年にかけて太平洋のフォン・ヘルナンデス諸島の島に置き去りにされたスコットランド人の船乗り、アレクサンダー・セルカークの実際の体験をもとに書かれたこともよく知られている。

ロビンソン・クルーソーに関する研究書は数々あるがマーティン・グリーンの『ロビンソン・クルーソー物語』（みすず書房）は、とりあげる作品の位置づけなどに欧州人特有の、癖のあるこじつけが気にはなるものの、その独特の分析がおもしろかった。

ここにはロビンソン・クルーソー以降に現れたロビンソン漂流記の変形譚が非常に詳しく網羅されている。

とりあげられているのは『スイスのロビンソン』（一八一二年、ヨハン・ダヴィド・ウィース）、『熟練水夫レディ』（一八四一年、マリアット）、『火口島』（一八四七年、ジェイムズ・フェニモア・クーパー）、『珊瑚島』（一八五八年、バランタイン）、『神秘の島』（一八七四年、ジュール・ベルヌ）、『太平洋の孤独』（一九二二年、ジャン・プシカリ）、『蠅の王』（一九五四年、ウィリアム・ゴールディング）、『金曜日、あるいは太平洋の冥界』（一九六七年、ミシェル・トゥルニエ）などである。

最初に変形譚と書いたように、これらの豊富な無人島記は、オリジナルのモデル、セルカークの件は別にしてすべてはフィクションであるし、これらの物語の多くはたぶんに当時のその国のおかれている状況を反映した国策や、イデオロギーにからんだ国民の意識高揚を策した寓話仕立てになっているものが多い。だから〝辺境の食卓〟というこの単純な興味本位の当シリーズでいうとこれらの物語そのものを分析していく意味はあまりないようだ。

けれどもオリジナルの、ロビンソン・クルーソーの、つまりはセルカークの体験したフォン・ヘルナンデス島での食生活について、は興味がある。だからまずそのことに触れておこう。

ロビンソンは破船した船から夥しい数の残留物を回収している。食料だけでも、「樽に入ったパン、米、チーズの塊三つ、乾かした山羊の肉の塊五つ、少しばかりの穀類（大麦と小麦。これらは鶏の餌）、それとは別に上質の小麦一樽、甘露酒五、六箱、葡萄酒五、六ガロン、ラム、砂糖」である。

ロビンソンが島で得て食べたものは、様々な魚、イルカ、様々な鳥、海亀、その卵。島に自生していたレモンとメロン、自生の葡萄で作った干し葡萄、大麦、小麦の種から収穫した粉からつくったパン（実際はビスケットのようなもの）と米を植えて稲に育てた乾燥米。飼い馴らした野生の山羊の乳からつくったバターとチーズ。

ロビンソンの物語にはやがてフライデイという男が登場するが、それまでにロビンソンが得てきた食料は大体このようなものである。海に囲まれている島であるのに魚介類の収穫が思ったほどでないのが不思議である。

ロビンソン・クルーソーを読んで興奮した子どもらは次には当然、『十五少年漂流記』を読むことになる。この無人島記もフィクションだが、改めて読み比べてみるとロビンソンの物語よりも食料への追求と挑戦のエピソードが豊富である。

ここでは原題『二年間の休暇』（ジュール・ベルヌ著、朝倉剛訳、福音館書店）から彼らの無人島での食卓を見ていこう。

少年たちが遭難した船から持ち出したものは、たっぷりのビスケット、缶詰、ハム、肉ビスケット、コンビーフ、燻製肉などであった。一五人の少年がいくら節約しても二カ月以上は持たないだろうと彼らは判断する。

少年たちは次第に島の生活に慣れていくにつれて鉄砲で鳥を撃ち落とすようになる。鶴、カモメ、カイツブリ、イワバト、雁などだ。海や川からは陣笠貝、ビノス貝、イガイ（ムール貝）、亀、ノトチリアという海藻。タラ、ヒバマタ、スズキなどの海魚。ガラクシャスという川ハゼ。

島での生活にどんどん慣れてくるとチナムーという鳥を串にさして焚き火で焼いたり、亀の熱いスープにビスケットと焼いた魚など、おいしそうな料理の場面がいっぱい出てくる。やがて野ウサギや、ピィチというアルマジロの一種。猪の仲間の小さなペッカリー。山羊の一種のビクーニャ。湿地に密生していた野生のセロリ、オランダガラシの若芽、松の実、砂糖のように甘いカエデ、茶の木などを発見していく。

彼らはさらにたくましくトルルカやアルガロープという植物の実を発酵させて酒を作ったり、アザラシの肉から油を、塩田をつくって海水から塩を得たりする。

ガラクトデンドロンという木はその幹に傷をつけておくと牛乳のような味の白い液がたくさんとれた。

少年たちが力を合わせてこの島で生活の場を作っていく、工夫と冒険の物語の面白さは勿論のことであるが、このようにして自然のもの、野生のものからいかに生きるための食料を見つけ、それをおいしく食べるか、ということの発見と挑戦の連続に胸が躍る。子どもの頃この話を初めて読んだ時の興奮と感動はよく考えると実はこういうところにあったのかもしれないなあ、とこの項を書くために改めて読み、そう思った。

しかし、ロビンソン・クルーソーも十五少年も、それらのエピソードの多くがフィクションで成り立っているから、実際の漂流者の物語を読むとこんなにおいしそうな話はなかなか出てこない。

「ロビンソン」と名がつくもので実際のサバイバルの体験談を綴った本では『ロビンソン・クルー

ソーの妻』（ウィットマー著、現代世界ノンフィクション全集一五所収、筑摩書房）がある。家族三人と犬一匹による無人島での暮らしを試みた記録である。家族の乗った船が破船して漂着し、死と直面しながら生き延びていく、というスタイルとは違った無人島実験体験記で、そこでの数々の食生活の記録は、豊かな無人島という気配もあって、十分読みごたえがある。けれど準備された無人島記というのはやはり少々迫力を欠く。

そこで次に変わり種のロビンソンものを三冊取り上げよう。

『氷島のロビンソン』（学習研究社）の著者クルト・リュートゲンはドイツの代表的な児童文学者の一人であるが、この人の書く作品は児童文学といっても実際にあった出来事を題材とするノンフィクションを主体としたものが多い。この話も事実がベースになっており、原題は「ロシアのロビンソン」。

北極沿海のスピッツベルゲンという氷に覆われた島に思いがけないなりゆきで置き去りになってしまった四人のロシア人船員の凄絶なサバイバルの顚末《てんまつ》である。したがってロビンソンとはいいながら、これはたった一人で氷の島に閉じ込められた話という訳ではない。

銃と弾薬を持った四人の男たちは、トナカイや熊を撃ち、それを主食料にする。他にはウサギや鳥やたくさんの海鳥の卵、釣り針と梁《やな》でとった鱈《たら》や鮭やカマスなどの大きな魚、カモやガチョウなどを燻製にしたり、卵や魚や肉と共に西洋ワサビ、氷河キンポウゲなどの野草を材料にした野菜マッシュ（野菜をすりつぶしてどろどろにしたもの）など、氷島といえどもなかなか充実した食生活を工夫している。デザートにはツルコケモモをどろどろにしたワレーニャなどというものを作って食べている。日本にもロビンソンがいる。『東北のロビンソン』（創樹社）の作者の高橋喜平さんは雪博士として有名な人で、先日その本人と会って酒を飲んだりした。もう九三歳といっていたが、酒好きで、近頃は昼酒を加えるようになり、昼と夜に酒が飲めて幸せなんですよ、と笑って話していた。

この物語は事実に限りなく近いフィクションで、徴兵を逃れるために岩手の山に逃げた主人公が、山の中で一人で暮らしていく話である。春夏秋冬、東北の山々をマタギのように歩いた作者でなければ書けないエピソードが満載されている。ここでは山のロビンソンがどんなものを食べて生き抜いたかということだけ見て、それを抽出してみよう。

順番通り見ていくと、まずはアオシンと呼ぶカモシカを得る。偶然の出会いだった。表層雪崩に巻き込まれて、雪の上に片足だけ出して死んでいるのを見つけたのである。カモシカが一頭あれば少なくとも一カ月分の食料になる。マタギの主人公の熊造は辺りの木を伐って獲物を運ぶ簡単な雪ゾリを造り、カモシカを解体し、住処にしているヤス穴に運ぶ。ヤス穴というのはマタギたちが山の中で暮らすための防寒用の小屋である。

季節は春だが、まだ雪は相当に深い。熊造が主食にしていたのはエビヤロというものであった。これはオオウバユリの球根のことで、大きいのは拳《こぶし》ぐらいの塊になっている。これとイワナを獲ればまずは飢えることもなく暮らして行ける。雪解けが進むにつれてゼンマイをたくさん見つける。さらにカタゴと呼ぶカタクリの根を見つける。これをつぶして水に入れ、沈殿させると手製の片栗粉ができる。

春が進むとマムシを見つけ、皮をむしって焼けば最高の栄養食品である。さらにシイタケがとれる。やがてタケノコやクマイチゴ、アケビの実、マタタビの実などが豊富に手に入る。ブナの実は八、九ミリぐらいの三稜形をしており、その中にはクルミのような味のする実が詰まっている。同じようにナラの実も食べられる。

冬眠から目覚めた熊が蜂の巣を襲うのを見つけ、それを横取りしてしまう。野ウサギなどはマタギの熊造にとって捕まえるのは簡単である。「ノウサギがバッタのようにたくさんいる」とこの本の中で語っている。

無人島のロビンソンよりは、北国の山の中のロビンソンのほうが食料が無尽蔵のようで、読んでいるほうは安心する。

『孤島の冒険』（N・ヴヌーコフ著、童心社）は海洋生物学調査船のデッキから大波にさらわれ、千島列島の無人島に泳ぎ着き、四七日間一人で無人島生活をした一四歳の少年の体験談。実話をベースにした孤島のサバイバルでは最年少のケースである。

少年サーシャがまず島で得た食べ物は、やはりユリの根であった。東北のロビンソンと同じように、北の地ではこのユリ根が、人間の飢えを救う比較的簡単にとれる最初の食物として、漂流者を助けてくれるようである。

サーシャはさらにイガイを見つける。その頃には、木を弓形にした紐にからめて回転させ擦りあわせる摩擦方法で火を獲得しており、それ以降の捕獲食物に熱を通して食べるというしぶとい挑戦をしている。

前章で紹介した『おろしや国酔夢譚』で生き残った大黒屋光太夫ら三人が一〇年ぶりに日本に帰還した翌年の寛政五年（一七九三）、石巻港を出た八〇〇石積みの「若宮丸」が船頭ら一六名を乗せて大シケにであって破船、漂流、やはりアリューシャン列島のオンデレッケという島に漂着する。この漂流の記録は『北槎聞略』と同じく雄松堂出版から『環海異聞』（大槻玄沢、志村弘強編、池田晧訳）にまとめられている。

この島の住人も記述によると、「口の周りに入れ墨をし、鼻の穴の障子骨に穴をあけて小さな棒を通し、そこに魚の骨で細工した連環を下げている」というような異形の人々だった。けれど親切な応対を得て漂流者は様々な食物を供された。オクチョ鳥という大きな鳥が夥しい数棲息しており、これが時々供された。肉も卵もうまく、とくに卵はアヒルの卵より大きくて食べでがある。この鳥の羽根つきの皮は縫い合わせて衣服にしていた。

魚類は殆ど生でむしって食べているが、鱈を草に包んで塩水で煮てそのまま食べたり、肉をつき混ぜて鯨やアザラシの脂肉を入れたもの、アザラシやトドの脂で大麦の粉を練って煎りつけ、塩と水を加えてゆるくしたもの、などがせいぜい料理らしいものであった。鮭、鱒《ます》、比目魚《ひらめ》なども時折手に入る。鯨は捕獲するわけではなく稀に死んで流れついているのを食べていたようだ。

この若宮丸の生き残った乗組員も漂流して一一年目に長崎に帰還しているが、その帰路はブラジルからホーン岬をへてハワイ、カムチャツカというスケールの大きな世界一周のルートを辿っている。

『異国漂流記集』（荒川秀俊編）、『漂流奇談全集』（石井研堂校訂）、『南部叢書』、『有徳院殿御実記』などの漂流譚によると、享保四年（一七一九）、遠江国新居町宿の廻船問屋の所有船が、船頭佐太夫をはじめ乗組員一二人で仙台港を出港、房州九十九里へかかったあたりでシケにあい漂流した。二カ月ほどの漂流の間、生米をかじってしのぎ、ようやく島を見つけて漂着。はしけに米三俵、鍋、釜、その他手近な道具を積み込んで島に上陸した。本船もはしけもやがて破船し、漂着した島には誰も人間が住んでいないことがわかった。

平地もなく、岩の下に二つの穴を掘って六人ずつ分かれてその穴の下で暮らした。いくら探しても水の流れはないので、小桶や流れ着いた平たい木を釘でくりぬいたり焼いたりして窪みを作りそこへ天水をためた。運び込んだ米はすぐに食べ尽くし、磯に生えている草を食べ、魚、鳥などをとって飢えをしのいだ。

ある日のこと、どこの国の船ともわからない無人の船が難破した状態で漂着。その船には、五、六〇俵の米俵が積んであった。神の助けとばかり、手当たり次第その米を陸に運んだ。激しい波浪で全てを運び込むことはできなかったが、二、三〇俵を確保することができた。濡れた米を干す場所もなかったので俵のまま積んでおくうち、その一俵は籾《もみ》だったのでやがて芽が出てきた。大釘を使って鋤《すき》がわりにして、浜のそこここに蒔《ま》いておくと稲が実り、米が収穫できた。この米は一年に三度も実ったという。

島には白くて羽根を伸ばすと五、六尺もある大鳥が棲んでいた。人が近づいてもすぐには飛び立たないので、棒で簡単に殺すことができた。この鳥はたぶんアホウドリであろう。

あるとき見知らぬ人々が数人、島に上陸した。日本人であった。水がないかとはしけで島までやってきた江戸の千石船の乗組員であった。この船に助けられ、佐太夫らはなんと二一年ぶりに帰国した。

また、天明五年（一七八五）、土佐のわずか一〇〇石積の船の船頭松屋儀七ほか五名の乗った船が土佐の田野浦から漂流し無人の島に漂着した。磯の貝や草を生のまま食べていたが、人が近づいても逃げない大鳥（アホウドリと思われる）がたくさんいるので、この鳥を石で打ち落とし、釘で割いて塩で揉んで食べた。これならば食料の心配がないと喜んだが、三月頃になると鳥が少なくなりだし、漂流民は慌てて四〇羽ほどとってそれを干し肉にした。その食料がなくなると、古釘を曲げて釣り針にして魚を釣って食べた。

秋に入ると、また鳥がやって来たので、鳥がいなくなるのを恐れ、合計六〇〇羽ほどを殺して干物にした。その間に仲間の乗組員は衰弱してどんどん死亡していき、長平ひとりだけが残った。

天明八年（一七八八）の二月に一一人乗りの大坂の船がこの無人島に漂着し、仲間が増えた。さらに寛政二年（一七九〇）には薩摩国の船がまた漂着してきた。六人乗りで、この船乗りたちはノコギリやカンナ、ノミ、小型の斧、曲金《まがりがね》、山刀《やまがたな》、ヤスリなどを持っていたので、全員で協力し三年がかりで流木や船の残骸から新しい船を造り、日本に向けて脱出した。

途中、青ヶ島や八丈島を経由しているので、前述した遠江国の漂流者もこの漂流者らも、鳥島に漂着していたことはほぼ確実だろう。

『漂流』（吉村昭、新潮社）は鳥島に漂着した江戸時代の船乗りの無人島生活を描いた小説である。これはいくつかの実話を元に書かれているが、おそらくそのモデルは前述した漂流者らの体験談と思われる。小説『漂流』に書かれているこの漂流者がまず最初に食べたものは岩に張りついているたくさんの貝であった。

鳥島はその頃おびただしい数のアホウドリの棲息地であった。人間を見たことのないアホウドリは簡単に捕まえることができる。大きな鳥で、羽を広げると二・四メートル、重さは七・五キロほどであった。肉と内臓を取り出して食べるのだが、何の味もしない、と嘆いている。そこで工夫して菜っ葉や大根を塩で揉むように、海の水で揉み洗いして食べると塩味が付いて何とか味わいながら食べることができた。おびただしい数のアホウドリはやがて卵を産み、かれらはその卵や雛などを食べていく。

この物語では、途中で別の難破船が漂着し、新しい共同生活者を迎える。そのときに漂着した新たな漂流者たちが持っていた握り飯を、泣きながら食べるところが実に感動的にかなしい。

この鳥島には、漂着したままそこで死を迎えた漂流者がそれ以前にもたくさんいたようである。それらの漂流者は、みなアホウドリを食べて何年か生き長らえていたのだろう。鳥島のアホウドリは、その後、日本からのアホウドリの羽毛をとるための船団によってほぼ絶滅されてしまった。

『無人島に生きる十六人』（須川邦彦）は講談社が昭和二一年に発行したもので、無人島ものの本を探しているときに、かつてこのような本が出版されたということを知り、講談社の知り合いに頼んで在庫を調べてもらった。一冊だけ、もう表紙カバーもぼろぼろになったその本が残っていた。コピーしてもらいすぐに読んだのだが、大変におもしろい。

明治三一年（一八九八）に日本の海洋練習船龍睡丸《りゅうすいまる》が、一六人の乗組員と共に漁業調査するという目的で小笠原諸島方面に出かけていき、嵐にあって難破する。龍睡丸は七六トン、二本マストのスクーナー型帆船であり、機走はできない。錨《いかり》の全てを切られ、パール・エンド・ハーミーズ礁の小さな島に打ちつけられ破船する。岩に乗り上げ船底を割られ、激しく浸水する中で、搭載していた伝馬《てんま》船《ぶね》を使って転覆しながらも島にたどり着き、そこからロープを張ってできるだけの食料や生活道具などを運び出す。しかし一晩のうちに船は大破。積み込んでいた道具や食料はわずかなものしか運び出すことができなかった。

このとき船から運び出した食料だけを見ていくと、乾いた米一俵、濡れた米一俵、コンデンス・ミルク一箱、牛肉、羊肉、くだものなどの缶詰が入ったそれぞれの木箱程度のものであった。

彼らがかろうじて上陸した島は、最初は草一本ないはげた島であったが、水平線のかなたにもう少し大きな島が見えたので、そこに移動する。大きいといっても島の平均の高さ二メートル、いちばん高いところでも四メートルぐらいのせいぜい四〇〇〇坪程度の島であった。

すぐに絶対必要な飲み水を得るため井戸掘りをはじめるが、珊瑚礁の島なのでなかなか淡水は出てこない。シャベルや手作業の井戸掘りの重労働を飲み水なしで行うのはあまりにも厳しいので、彼らは島に流れ着いた流木を燃やし、石油缶を使って海水から蒸溜水を作る。しかし一六人分の真水は蒸溜水ではとても間に合わない。しかも海水を沸かす流木に限りがある。したがって井戸水が確保できないと全滅である。しかし三つほど掘った井戸は全部海水が入っている。ぎりぎりの状態になって石灰分は多かったが、やっとなんとか飲める水を掘り当てた。

食料は乾いた米と濡れた米の二俵しかない。そこで彼らは薄い重湯《おもゆ》のような米のスープと正覚坊と呼ぶ青ウミガメを捕まえ、その肉で食いつなぐ。やがて針金から釣り針を作り、ヒラガツオ、シイラ、アジなどを釣り上げた。やがてこの魚とカメの肉が彼らの常食になる。

彼らのうちの何人かが伝馬船で付近を探索に出かける。水平線のかなたにもう一つの島を見つける。そこには大量の流木が流れ着いており、草も豊富だった。彼らはその島を「宝島」と呼び、流木や草を自分らの島に運び込む。それを使って寝場所や見張り用のやぐらを作る。いつ船舶が近くを通るかわからないので、見張りを当番制にし、いざという時にはすぐ火を焚いて注意を引くための救援対策をとった。

季節が変わり海鳥が島にやってくる。アホウドリの産卵であった。アホウドリの肉はあまりおいしくないのでその卵を食べる。カメも産卵に上がってくる。正覚坊は一頭で九〇から一七〇個ぐらいの卵を産んだ。タイマイは肉はうまくないが、一頭で一三〇から二五〇ぐらい卵を産んだ。カメの卵は鶏卵より小さくまん丸で濃厚においしかった。

魚とカメの卵で生き延びるが、野菜が欲しい。宝島に生えている草を調べると四種類あった。そのうちのひとつは根を掘って噛むとワサビのような味がしたのでそれを使うようになる。

かれらの住む島の端の方にはアザラシが常に二、三〇頭ごろごろしており、彼らはアザラシと友達のようになっていく。やがてカメを効率よく食べるために、カメの足に紐をつけてカメ牧場を作ったりする。

新しく見つけた宝島の草には食べられる実がなるものがあり、これを島葡萄と名づけた。海からはアオサやノリの類、カキ、カメノテ、エボシガイ、フジツボなどの貝類などを見つけて食べるようになる。魚をおいしく食べるために海水を引いて塩田を作り、塩を収穫して魚の塩焼などにも挑む。

さらに食べ物の幅は広がり、イソマグロ、カツオ、カマス、アカマツダイ、シロダイ、アカエイなどが釣れるようになる。長さ二メートル、太さは人間の足ほどもあるウミヘビ、三メートル以上もあるサメなどもかかったが、ヘビやサメは食べなかった。

隊員の一人が病気になり、その回復にはアザラシの胆を食べるしかない、ということになり、仲良くなったアザラシを殺さねばならない状況になる。そんな折りに、沖に船影が見え、焚き火を盛大に上げて日本の漁船的矢丸《まとやまる》に劇的に救出されるのである。

まさに『十五少年漂流記』をむこうにまわしてこの〝十六人おじさん漂流記〟はとにかく抜群のおもしろさである。

あまりにもできすぎた話なので、これはフィクションではないかと思ったほどだったが、明治三六年に津市萬町の共昌社から『探検実話りゅうすゐ丸漂流記』としてその顚末記が出版されており、それを入手した。題字は三重県知事がしるしており、乗組員の遺族がいる、ということも分かった。

『無人島に生きる十六人』のことを新潮社の編集者に話したところ、興味を持たれ、新潮文庫で二〇〇三年に再刊されることになった。行きがかり上ぼくがその解説を書くことになったが、思いがけず内外の無人島物語の中では、日本のこの顚末記が勇気と感動にみちたいちばんの傑作ではないかとぼくは思っている。

博物誌の誘惑

どうも博物誌とか文化史といったタイトルのついている本にヨワイ。書店で見つけると「ハッ」としてその本を手にとる。自分の目が喜んでいるのがわかる。中をパラパラやり、まあ大抵たいした内容の吟味もなくいわゆるミズテンで躊躇なく買ってしまう。

家に帰り、机の上に置いてタメツスガメツまたパラパラやる。面白そうな内容だとすぐに読んでいくが、にわかには興味のわかない内容だとそのまま書架に収める。いつかこの本の内容が必要な時がくるだろう、という極めて個人的な、そしてささやかな、いわゆるひとつの〝未来への知識の蓄財〟とするのだ。

だから博物誌、文化史と名のつく本が書架に沢山ある割には読んでいないものも多い。でもそういうタイトルの並んでいる背表紙勢ぞろいを眺めると、なにか精神のどこかが燃えてくる。気持ちがはずんでニタニタしたくなる。どう考えてもマトモではない。

「博物誌文化史フェチ」という症例があるとしたら間違いなくそれにあてはまるひとりだろう。

これらの本を持っていて安心するのは、たぶんそれを読むととりあえずその世界のことを入門的にまとめて知ることができるからだろう。でも実はそんなのはまことに都合のいい話で、それをきちんと読みこなし、理解できたら——の話である。したがって近頃ますますモノゴトを理解するのに幾多の隙間ができているなあ、と自覚できるわがヘチマ的脳味噌頭ではどだい無理な望みなのである。

まあしかしそれでも内容の面白さに引かれて、きちんと読んだ博物誌、文化史も結構ある。わがヘチマ頭の理解度の深浅は別にして、一〇〇〇円とか二〇〇〇円ぐらいの値段でその世界の知識をある程度まとめて体系的に知ることができるこれらの本の効用効能というのは実際たいしたものではないか、といつも思うのである。

例えばついこのあいだ読んだ『毒薬の博物誌』（立木鷹志著、青弓社）には、ローマの将軍カルプルニウスが毒を塗った指でクリトリスを愛撫して何人もの妻を殺した、などということが書いてある。その毒というのがトリカブトであるという。まあとりあえずそういうことを知ってなにがどうなるということでもないが、しかしなんだか凄いなあと思うのである。同時に狂言の「附子《ぶす》」もこのトリカブトである、ということ、ソクラテスが毒ニンジンで処刑された、という話もこの本で知った。

『草根木皮の博物誌』（李家正文著、泰流社）という実に魅力的なタイトルの本は様々な植物の効能を書いているのだが、そのなかで蒜《ひる》（ネギ、ニンニクなどの総称）についてこんなことが書いてある。

「古代インドのマウリア王朝の阿育王はあるとき病気になった。なんと口から糞を吐き、体中の毛穴からも汚い汁が噴出した。（中略）医者はその少しまえにちょうどこの王とおなじような症例の女を診ている。女は死んだが、腹を裂いてみると虫が沢山でてきた。医者はこの虫が腸をふさいで糞が口から出るようになってしまったと考えた。そしてこの虫を殺すもっとも効果的なものが蒜であるということを発見し、その療法をこころみると、やがて王の肛門から死んだ虫が沢山でてきて王は全快した」

この虫は回虫である。

まあこういう話も、知ってどうなるということでもないが、しかし知ってみるとなんだか少し得したような気持ちになる。

こんなふうに博物誌、文化史というのは大体いつも思いがけない話を突然沢山教えてくれる。それは読んだその時まるでなんの役にもたたないようであるが、やがてなにかの時に思いがけないようにいきなりなにかの役にたつ、ということがけっこうある。だからあなどれないし、油断ならないし、そして結局いつもどこかが面白いのである。

ぼくの書架にあるこれらの本からきわめて私的な「面白博物誌文化史コレクション」というのをつくってみた。

『風の博物誌』(ライアル・ワトソン著、河出書房新社)。タイトルからして大きな夢があり、そしてなにかとても静かな格調がある。語られていく事例の幅の広さと考察の深さ、そしてとにかく話のスケールが凄いこと。

一九九七年、この本がオーストラリアと日本の合作でドキュメンタリー作品になったとき、請われてぼくはそのナレーションを引き受けたことがある。つまりそれほど全身で傾倒していたのである。今でもこのジャンルの本では抜群の存在であると思う。類型本がまったく出ない、というのもこの本の完成度の高さゆえ、であろう。

『トイレの文化史』（ロジェ＝アンリ・ゲラン著、筑摩書房）。著者がフランス人なので内容、事例の多くがフランスに偏っているのがやや気になるが、それでもその徹底したトイレ文化論の視線が快適快感快便感覚である。

実はこの本と対になるような位置で『トイレットペーパーの文化誌』（西岡秀雄著、論創社）という本があり、ぼくはこっちのほうがはるかに面白いと思っている。タイトルのとおり、こっちは「拭く」ということだけにこだわった一冊で迫力がある。

この本で、人間はこれまで紙以外に草、石、トウモロコシ、縄、砂、木、などありとあらゆるものを使って尻と糞をふいてきたことがわかった。そしてそれらのなかでも、水と手、というのがもっとも優れている究極のクラシック作法である、ということを知った。

次は『蚊の博物誌』（栗原毅著、福音館書店）。ぼくも蚊が好きで『蚊学ノ書』という本を編著したが、この本はそれらの原点をなすもの。まさに一点集中本の本領発揮本である。

『木の実の文化誌』（松山利夫・山本紀夫編、朝日新聞社）はとても丁寧で夢のある本。読むとすぐさま森のなかに入っていきたくなる。木の実はまさしく文化なのだな、と思った。なにかの本でおぼろに記憶していたことのひとつに「バターの木」というのがあって、それはまさしく木からバターがつくれるというのである。

大袈裟なほら話であろうと思っていたらこの本でネパール丘陵地帯にはえる樹高二〇メートルほどにもなるインディアンバターツリーのことである、と知った。ほんとうにこの木からは高濃度の樹脂が取れ、石鹸をつくっている。財産になる木だからその一本一本に愛称がつけられているそうだ。

木にはいい木と悪い木があって、一番凄いのは「イポー」という猛毒の木だ。この本ではないが、そのことが書いてある本を昔読んだ。今さがしたが見つからない。この木が生えているところには周囲に他の樹木は生えず、近くにある水のなかにも魚は住めない。近くの空をとぶ鳥は地に落ち、知らずに近づいてその木の下で休んだ旅人は死んでしまう、という。はてなんという題名の本であったか思いだせないのがもどかしい。

『梢の博物誌』(柴崎篤洋著、思索社)。樹木の一番上のあたり、つまり梢のへんというのは人間がなかなか覗きにいけないところである。ある意味では深海よりも太陽系の惑星よりも未知の世界といっていいかもしれない。

以前「ナショナルジオグラフィック」で梢の世界を研究するために、ドーナツの複雑な恰好をしたような巨大な風船的な物体の上に研究者グループが乗って、ヘリコプターで森林の頂上部分に下ろし、長期にわたって梢のあたりの生態をしらべる、という記事が載っていた。実に単純な方法であるのが妙に面白かったが、同時に実に魅力的な光景でもあった。研究者たちはその上で眠るのである。梢の上のビバークというのはどういう眠りなのだろうか。そしてどんな夢をみるのだろうか。

類型本に『樹上の出会い』（三谷雅純著、どうぶつ社）があるが、アフリカ中央部が舞台になっているのでそこで語られている事例はダイナミックである。

『氷の文化史』（田口哲也著、冷凍食品新聞社）。これを読むとだれかに氷と日本の歴史を話したくてたまらなくなる。たとえば源氏物語や枕草子に氷のお菓子がでてくるのだ。それをどうやって調達したか、などという話である。その頃すでにかれらは日本酒をオンザロックで飲んでいたらしい。

『雑穀博物誌』（草川俊著、日本経済評論社）もまた魅力にみちた一冊である。そのとおり稲科ではアワ、ヒエ、モロコシ、キビ、ハトムギなどのことが詳細に語られる。おそらく多くの日本のよい子はあの「桃太郎」の話を聞いたときにキビ団子を大層うまいものと思い、一度食べてみたいと思ったはずだ。しかし、これを読むと相当にまずそうだ。

西部劇の焚き火をかこんだキャンプシーンなどでよくでてくる豆が昔から気になっていたが、この本を読み、あれはいんげん豆のことであると知った。アメリカ人は今でもいんげん豆の缶詰を食べるようだが、これも映画で見て感じたようなうまいものではけっしてないらしい。そうだろうなあ。

『盗みの文化誌』（泥棒研究会編著、青弓社）はさまざまな盗み論を五人の論者がそれぞれの側面から自由に書いている。

とりわけぼくがコーフンしたのは、落語の「らくだ」にでてくる死骸に「かんかんのう」を踊らせて長屋の大家から葬式の酒や料理をせしめる話について三木聰氏の書いている「死骸の恐喝」についてであった。

この一件は唐突な落語話ではなくそれとほぼ同じようなことをする中国の「図頼《とらい》」というものからきているのではないか、という説である。中国というのは途方もないモノスゴ話の宝庫のような国で、小説を書く者としていつも彼の国には深い興味をむけているが、またもや、という感じである。

『恐怖の博物誌』（イーフー・トゥアン、工作舎）はじわじわと怖い一冊であった。

ここでは人間の恐怖の対象となる、生き物、現象、制度、感覚などあらゆる範囲にわたって検証と考察がなされていく。これを読むと、恐怖には民族や時代の差がなく古来からニンゲンは同じようなものを同じように怖がっている、ということを知る。つまり有史以来、世界中の人が同じように蛇を気味の悪いものと思い、闇に脅え魔術に警戒し、いつとも知れぬ敵の襲来に恐怖している。そして読み進むうちに「人間とはなにか？」という実にシンプルな問いかけに行き着くのである。

勿論そうはいってもぼくはただ問いかけてみるだけで、むなしく「わからない」と呟くだけなのだが。

『「感覚」の博物誌』（ダイアン・アッカーマン著、河出書房新社）は嗅覚、触覚、味覚、視覚、共感覚について詳細に分析している本である。しかしそれにしても人間の感覚とその吸収欲は凄まじい。本人が意識しないうちに常に数万単位の各種の刺激をこれらの感覚吸収器官が働き、感じとり、対応しているのである。感覚が豊富ということはつくづくご苦労さまなことである。

味の項目のところでこんなことが書いてある。

大人の舌には〈塩味、酸味、甘味、苦味〉の味覚芽《みかくが》がおよそ一万個ちらばっているが、ウサギは人間より多く一万七〇〇〇個、牛にいたっては二万五〇〇〇〇個もあるという。まあかならずしも沢山あるから高度な味覚を感じているというわけでもないのだろうが、しかしこの数の差は意外であった。同時にウサギの食べているはこべの味、牛の食べている干し草の味というものが実際どんなものか知りたいものだ、と思った。けれどそういう知りたい欲求というものがすなわち人間をさらにややこしい生き物にしているのだな、ということもこれを読むとわかってくる。そして同時にさきの人間の恐怖の発生メカニズムの一端が見えてくる。

『恐怖の博物誌』にはどの民族も生後一八カ月までは動物をこわがることはないが、五歳ぐらいまでにだんだん動物をこわがるようになっていく。二歳未満の子供は蛇をみてもへっちゃらだが、四歳ぐらいになるとひどく蛇をこわがることになる、という記述がある。つまりこれは経験の蓄積が恐怖の感覚を生んでいく、ということなのだろう。いろんなことが中途半端にわかっている厄介な動物が人間である、ということがこの二冊の本で少しわかった。だからこの上ウサギや牛の味覚まで知らなくてもよいのだなあ、と反省した次第。

一点集中入門書としての博物誌の見本みたいなのが『ミミズの博物誌』（ジェリー・ミニッチ著、現代書館）である。この本を読みチャールズ・ダーウィンに『ミミズの作用による栽培土壌の形成及びその習性の観察』という著書があり、ミミズ研究の大家でもあるということを初めて知った。

「ミミズは人類が鋤を発明するはるか以前に地球のあらゆる土地を耕していた」というダーウィンの一文から始まるこの本はミミズ嫌いのひとはひっくりかえるようなミミズだらけの本である。ミミズが生物界最大の大食漢であるということは別の本で読んで知っていたが、この本を読むとかれらは同時に生物界では人間の一番の隣人であるということもわかった。それなのに、今日本にはミミズがどんどん少なくなっている。農薬や土地改良（ミミズからみたらとんでもない改悪）によって住む場所がどんどんなくなっているのだ。今は釣り人が餌のミミズに困っているというが、こんなふうに変えられていく日本の土地はミミズならずとも不安である。

『サバンナの博物誌』（川田順造著、新潮選書）は、知らない世界の自然や生物の営みを楽しみながら知っていくという博物誌を読む喜びを十分満たしてくれる素晴らしい一冊である。著者はレヴィ＝ストロースの『悲しき熱帯』の訳者である。学生の頃この名著に感動したのだが、このサバンナの話にも随所に深い思考を促す激しい熱風の気配を感じる。上質のエッセイでもある。

たとえばそこに住む人々みんなに嫌われていてまったく無視されているハゲワシについて温かく語る一文など実にここちがよく、ぼくは感動した。

あめひ虫、というのがいてこれは直訳して「雨・火虫」である。

「雨季の夕方、滝のように雨が通りすぎたあと、濡れてしんとなった薄青い空気の中で、木も草も、作物も人間もほっと息をつく。そんなとき、まるで今の雨がふりまいていったかのように、どこからともなく姿をあらわす」

それがあめひ虫で、これは人間にとりつくとあやしい液をたらし、そこが一〇円玉ぐらいの火傷《やけど》のようになる、まことに嫌なしわざをするのである。ハンミョウの仲間であるという。日本にもハンミョウはいるが、せいぜい豆を食うぐらいの悪さであるからやはり彼我の大地のスケールの差がそうさせているのだろうか。

『鳴く虫の博物誌』(松浦一郎著、文一総合出版)はタイトルのとおり鳴く虫だけの話が書いてある。そのなかにハンミョウがでてくる。「おかしな鳴く虫たち」という章にミミズや蓑虫、タニシなどとならんで「みちおしえ」の異名をもつ虫として語られている。

晴れた日の野山を歩いていくとこの虫が何匹も地面に待っていて、もう一歩というところにちかづくと、サッと横っ飛びに羽をひろげてとびたち、少し先のところにおりたって、こちら向きになって待っている。これを何度もくりかえすのでまるで道を教えているようだ、というので「みちおしえ」という名がついたのだという。なるほど子供の頃そういう虫がいたのを覚えている。

この本はいたるところに鳴く虫を題材にした俳句が引用されていて、いかにも優しい日本の虫の歳時記の気配もある。

ところでこの稿を書くためにさっきの『サバンナの博物誌』を読み返していたら『木の実の文化誌』のところで書いた「石鹼の木」によく似た「バターの木」の話が出ていた。そうかどこかで読んだというのはこの本だったのか、と少し安心した。

アフリカとネパールではかなり土地の様相が違うのでまったく別の種類のものかもしれないが、双方の抽出物の作り方の記述をみるとよく似ているので同じ木かもしれない。もし同じものだとしたら大昔のほとんど文化の交流のないところで同じような利用法を考えだしていたというわけで、またもや大変興味深い話になる。しかしそのことの解明は、またいつかどこかで見つけるだろうなにかの『博物誌』に偶然でていることを楽しみに待つことにしよう。

川と人間とカヌーの本

野田知佑

『ナイル川を下ってみないか』（ネイチュアエンタープライズ）

野田さんが千葉、房総の亀山湖の近くに住んでいた頃、そこへ訪ねて行って初めてカヌーを教えてもらった。ぼくは三〇代半ば、野田さんは四〇代はじめの頃だった。小さな桟橋の先に浮かべてあるファルトボート（当時は日本にはフジタカヌー製の布張りのそれしかなかった）に乗ってごらん、と言われ、その通りにすると「あとは前へ進みなさい」と言われた。初の個人カヌー教室はそれで終わりだった。要するにそれからあとは自分の思う感覚でパドルを左右に動かし進んでいけばいいのだ、という訳である。

初めて乗るカヌーは、体重のちょっとした移動で左右にぐらぐら動くし、パドルで漕ぐと確かに進むが、初めてのことであるから全身が緊張しているし、とても野田さんがやっているように心地よくすいすいと水の上を流れるように進んでいけるものではない。でもそこは湖であり、季節は初夏。ひっくり返っても流されることはないし、泳いで岸に戻ることもできる。気持ちを落ち着かせるのに五分ぐらい。後は自分でも感動するほど自由自在に、とまではいかないが、好きなように水上を進めるようになった。

その後、日本にカヌーブームがやってきて、あちこちにできたカヌー教室を受講した人の話を聞くと、乗る前に一時間ぐらいの「カヌーとは何か」とか「正しいカヌー操法」などいろんな予備学習があり、実技となるとパドルを握る手の幅を五〇センチとか六〇センチとか細かく指定され、視線も前方四、五メートル、続いて水平線近くを交互に見るように……などと細かく指示されるので、それが気になってついついバランスを崩しひっくり返ってしまったなどと言っていた。

本書は言ってみれば、川と人間との間にカヌーがあって、それは人間のために造られた便利な乗り物で、ただそれだけのものなのだ——ということを思考の中心にして世の中の様々な人々の生き方、考え方に対して、それとなくぶっきらぼうに進んでいく方向を示唆する、自由に生きるためのわかりやすいお話教室のようなものだ。

カバーも帯もなく、欧米のペーパーバックのような無造作なつくりがこの本の内容にぴったりしていて心地いい。

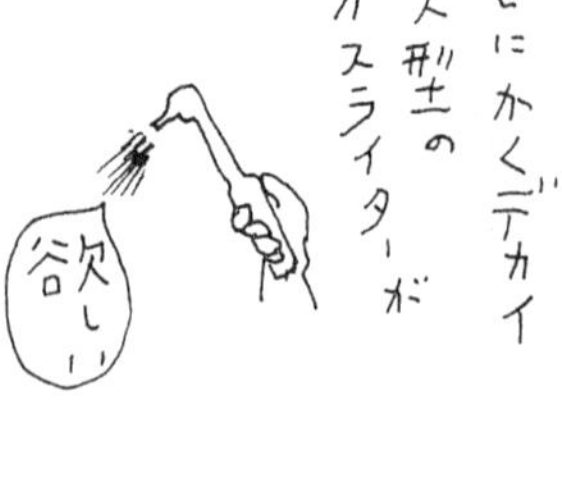

とにかくデカイ
大型の
ガスライターが
欲しい

リンさんと恵子さんのガンと闘う本

林・恵子
『がんが消えた奇跡のスムージーと毎日つづけたこと』（宝島社）

これまで親しい友人が関係した本についてはこういう欄で取り上げない方針を貫いてきたが、今回だけはそのようなことにこだわっている料簡ではいられないという気持ちのたぎりを感じて紹介する。友人の名は林政明、我々の仲間では通称「リンさん」という。あやしい探検隊ファンの人はご存知と思うが、今日まで続いているこのまさにあやしい海山川テント焚火団の、まあいってみればみんなが一番元気よかったころのプロの料理長である。ぼくが強引に書いてもらった『林《リン》さんチャーハンの秘密』（角川文庫）などという著書もある。

このリンさんがあるとき（二〇〇八年）突然食道ガンになってしまった。渓流釣りなどで活発に山に入っていた友人なので、驚きは強烈だった。ガンはステージ4Aだから、もう相当に進んでいることになる。病院に見舞いに行くと、彼ははっきりそれとわかるくらいにやつれ、憔悴していた。手術はうまくいったのだが、その後の放射線療法と抗ガン剤治療にへとへとになっていたのだ。口からのどにかけていたるところに口内炎ができ、満足に食事もできない状態で、

「こんなに苦しむなら死んだほうがもうましだ」

などと彼にしては珍しく本気の弱音を吐いていた。そしてそれらの治療をやめ、手術後は自宅で民間療法を選択することになる。

　そのリンさんの奥さんである恵子さんが、リンさんの復活を願って、まずは主婦の立場からガンと闘うためのさまざまな角度からの独自療法を研究する。大きなテーマは毎日の食べ物と七つの習慣だった。それらを根気よく続けていくうちに、七カ月目にしてある日突然リンさんのガンは消えていた。あっけにとられ三つの病院で調べてもらったが、本当に転移していたガンなどが消失していたのだ。「奇跡」とタイトルにあるが、これは著者の恵子さんの感動的な献身と努力のたまものだろうと思う。

　同じような苦しみにあえぐ人が今現在ぼくのまわりにもたくさんいる。多くの人に一日でもはやく読んでもらいたい本である。

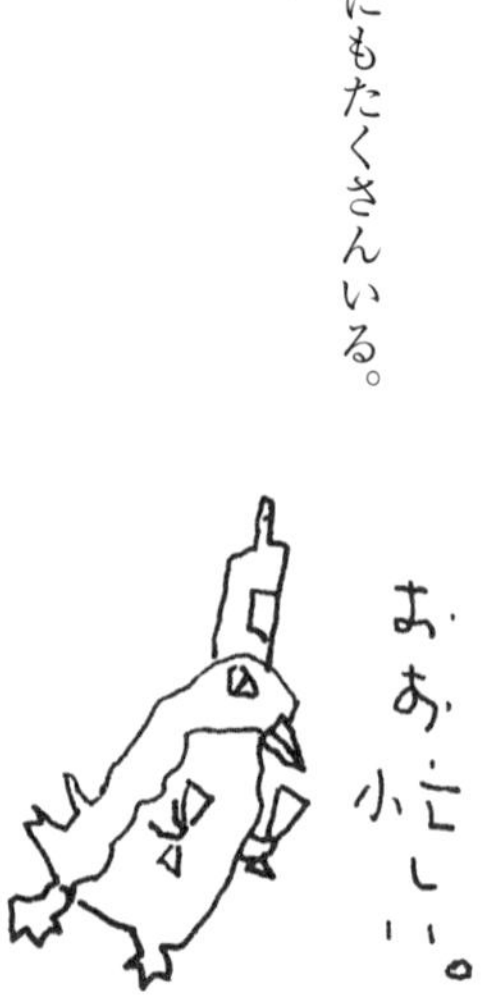

やわらかな回顧譚

日高敏隆

『世界を、こんなふうに見てごらん』（集英社文庫）

動物行動学の、たぶんご本人は嫌いな言葉だろうけれど、権威そのものである日高敏隆さんの本は、翻訳ものも含めてたいてい読み込んできた。難しい本から平易な表現でやさしく書いたものまで数多くある。『春の数えかた』（新潮社）などは内容も装丁も手に取っただけでうれしくなるような、まあつまりは心地のいい美しい本だった。もともとは翻訳ものでエドワード・ホールの『かくれた次元』（みすず書房）から日高先生のファンになったのだが、とても悲しいことに二〇〇九年にお亡くなりになった。

『世界を、こんなふうに見てごらん』（集英社文庫）は亡くなられたあとに出た久しぶりの新刊である。チャールズ・ダーウィンを筆頭にして動物行動学を追究する学者はどこか変わっているものだが、この本は日高さんがこの世界で権威といわれるようになった足跡が幼少時のご本人の思考や行動のやわらかい回顧譚になって楽しく興味深く綴られている。日高さんは子どもの頃から動物の死骸が好きだった。野良犬が死んでいると、誰かに持って行かれないようにその死体を箱などに隠し、毎日どんなふうに変化していくのかということを小学生のころから観察していたのである。シデムシというのが出てくる。ぼくも知っていたが、漢字で書くと死出虫というのだと初めて知った。生物が死ぬと最初にとりつくのはこの死出虫で、少し遅れてその他の虫がいろいろ集まってくる。うじ虫には興味はないようだが、死体が骨と皮になるまでの間たくさんの虫によって行われる、いわゆる動物の自然の埋葬は、実ににぎやかなのである。

単純なことだけれど気が付かなかった指摘もいっぱいある。節足類（ムカデやヤスデなど）は形態的に頭のてっぺんに口があるので、脳の居場所がたいへん少ない、ということなど。この本でなによりも感じ入ったのは人間とそれ以外の動物から虫まで含めたあらゆる生物の違いを語っているところである。答えは、自分の死というものを考えることができるのは人間だけだというところだ。自分の死を知っているから宗教が生まれ、芸術が生まれ、あらゆる感情が成長していったのである。

世界はまだまだ面白い

――再編集版についてのあとがき

本書は岩波新書の『活字のサーカス』（一九八七年）『活字博物誌』（一九九八年）『活字の海に寝ころんで』（二〇〇三年）『活字たんけん隊　めざせ、面白本の大海』（二〇一〇年）の我々が呼んでいるだけなのだが通称〝活字四部作〟のなかから著者と新日本出版社の編集担当が改めて選別した二二編を一冊に再編集したものです（他に月刊誌『本の雑誌』連載の「新旧いろいろ面白本」からの一一編も収録）。

ぼくは仲間とともに月刊『本の雑誌』を創刊したように、子供の頃から本が好きで殆ど世間のことは本から学んだ、といっていいような気がする。そうしてこれらの活字シリーズを出版していた頃にはとにかく毎日沢山の本を読んでいた。学校であまり興味も好奇心もわかないようなことを学んでいるよりも、自分の好きな本をジャンルごとに徹底して読んでいたほうが思考の奥深くまでずんずんそれらの知識が入り込んできているのを自覚した。

ぼくが自分自身をみてちょっと変わっているなあ、と思うのは、たまたま読んだ本が、例えばどこかの探検ものであったりすると、自分もなんとかしてそこに行ってそんな風景や事象をわが目で確かめたくなってしまうことだった。

小学生の頃に学校の図書室で借りた本でもっとも感化されたのはジュール・ヴェルヌの『十五少年漂流記』であり、スウェン・ヘディンの『さまよえる湖』であった。その頃はまだフィクションとノンフィクションの区別かつかずどちらも実際の探検冒険記である、と思っていた。途中で『十五少年……』のほうはフィクションであると気がついてくるのだが。

小学生のアタマで一途にのめり込んでいた熱い思いは年をへてくるとそれらの全訳や附帯する解説書なども読んでいくようになり、自分の目で探検の現場を見たい、という欲求はおさえがたいものになっていった。

最初はシルクロードに憧れていた。ヘディンがたびたびラクダや自動車で何年もかけて探検旅をした場所である。

けれどぼくが一番熱く燃えていた時期は、日本と中国の国交は途絶したままだった。行くには密航しかない。見つかったら帰国できないだろう。運命は厳しい、と歯がみしているあいだに田中角栄という政治家が現れて日中国交回復。しばらくして一般の旅行者がいけることになった。ただし当時は一人旅は許されておらず一〇人前後の団体旅行だけが渡航できた。しかも敦煌から先は未解放地域とシテイされてそこから先は誰も入っていけなかった。

そういうシルクロードの片鱗を見たいばかりにぼくはその一〇人のツアーチームにはいり、思えば最初で最後のツアー旅で敦煌まで行った。そこには長さ二五キロの大きな砂丘がある。その上に立ってはるかゴビ砂漠の西のほうを眺め、いつかそっちへ行くからなあ、と叫んだものだ。

それからだった。ぼくはなにかモノノケに憑かれたように世界の「秘境」と呼ばれるところに連続して旅をした。その頃行ったパタゴニアはまだ日本人が殆ど知らない辺境であり、そこからチリ海軍の軍艦に乗ってマゼラン海峡を南下。その荒涼として氷河の白さと海や空の色が肌をそういう色に染めてしまいそうな自然の原色にとりつかれ、以来何度もそこへ旅するようになった。辺境地はクルマよりも馬のほうが断然いい、ということを知り、どんなところでも何日間でも馬で旅する喜びと興奮を知った。その頃、同時にモンゴルの遊牧民の生活に興味をもちここもたびたび行くようになった。

仕事ではあったがあるテレビ局の開局四〇周年を記念するドキュメンタリーに出演し、冬、夏合計三カ月の旅をした。マイナス五九度にもなる原野をやはり馬でいくような厳しい極寒の旅であった。

この旅のテーマは江戸時代の日本人漂流者がアリューシャン列島に流され、カムチャツカを経由してロシア本土にたどりつき一〇年間ロシアを彷徨《さまよ》って三人だけ日本に帰国した、という厳しい事実の痕跡を追った。

その頃からぼくは漂流者というもっとも厳しい命がけの冒険にとりつかれ、内外の沢山の本を読んでいた。

人間の人生の毀誉褒貶《きよほうへん》というのは面白いもので、やがてぼくはシルクロードからその要諦であるロプノールや楼蘭への本格的な探検隊の参加要請をうけ勇躍、あこがれの地に、これも正式な探検隊の一員として参加した。砂だらけの行進の日々はたしかに厳しかったが子供の頃に夢見ていた地に自分の足で立つことができたのである。

それからは本を読んで触発されたところにどんどん行った。マリノフスキーの『西太平洋の遠洋航海者』の〝クラの儀式〟にココロを奪われトロブリアンド諸島の孤島でイモだけの食生活に辟易し、アラン・ムーアヘッドの『恐るべき空白』に魅せられてプラス四五度以上にもなるオーストラリアの横断に挑んだ。これらはみんな本で読んだ探検隊の足跡やネィティブの生活を知る、いずれも厳しい旅ばかりだった。

子供の頃に氷のイグルーで暮らしているエスキモー（イヌイット）の世界にあこがれ、あるときカナダ、アラスカ、ロシアの三カ国に一年のあいだに行ったが、そこで体感的に学んだのは地球のてっぺんのほうにいくと国と国の間隔が狭まり、そこで三つの国の人が食べているものも狩りの方法も歌も踊りもみんな共通していて、国境なんかどこにも見当たらない、という感覚だった。これも実際にそこに足を運んで自分の目でみないとわからない旅人の特権、ということを認識した。

子供の頃に夢に描いた『十五少年漂流記』はフィクションだったがヴェルヌがその島をモデルにした、という記述をもとにその島を見にいく、というご苦労さまな旅もそれはそれで楽しく、子供の頃からひきずっていた「夢」がぼくの行動に拍車をかけた。モデルになった島はマゼラン海峡のハノーバーといわれていたが行ってみたらここは絶対違う、と確信した。ちっとも絶海の孤島ではなかったのである。

正解はニュージーランドの東八〇〇キロのところにあるチャタム島で、週一便の旧式飛行機で空中からフランス語版の本の口絵にある地図を見て「ここに間違いない」ということをつきとめた。原点がフィクションであるからつきとめた！　と言っても誰もおどろきゃしないのだが、ぼくの子供の頃からの夢がまたひとつかなった、という満足感が大きかった。それからだいぶ年をへるが同じヴェルヌの『地底旅行』の舞台となったアイスランドのスナイフェルスという雪山の頂上直下まで行って地下世界に思いをはせたものだ。チャールズ・ダーウィンの『ビーグル号航海記』のルートも時期をわけて何度か行った。文庫本を持って、穏便な海のときは甲板で読んでみようと考えていたが、たいていは激しい波浪と風によって遠くのアンデスの真っ白な連山を見ているだけのことが多かった。

この本はそんなふうにして旅から旅への空の下で思いをはせた思考の記憶をもとにして書いてきたものだ。これを読まれた若い読者には、世界はまだまだ広く、どこへ行っても思いがけない、そして胸躍る世界がひろがっている、ということを知ってほしいという思いで書いてきたのである。

椎名　誠

椎名 誠（しいな・まこと）
1944年東京都生まれ。作家。写真家、映画監督としても活躍。『さらば国分寺書店のオババ』でデビュー。『おなかがすいたハラペコだ。』(2015年)『おなかがすいたハラペコだ。②』(2018年5月)、『おっちゃん山』(絵本、2018年5月、以上新日本出版社)。私小説、ＳＦ小説、随筆、紀行文、写真集など、著書多数。
「椎名誠 旅する文学館」(http：//www.shiina-tabi-bungakukan.com/bungakukan/) も好評更新中。

本《ほん》の夢《ゆめ》 本《ほん》のちから

2018年 9月25日　初　版
2018年10月30日　第2刷

著　者　椎　名　　誠
発行者　田　所　　稔

郵便番号　151-0051　東京都渋谷区千駄ヶ谷4-25-6
発行所　株式会社　新日本出版社
電話　03（3423）8402（営業）
03（3423）9323（編集）
info@shinnihon-net.co.jp
www.shinnihon-net.co.jp
振替番号　00130-0-13681

印刷　亨有堂印刷所　　製本　光陽メディア

落丁・乱丁がありましたらおとりかえいたします。

ISBN978-4-406-06281-7 C0095　Printed in Japan